集英社オレンジ文庫

猫まみれの日々

猫小説アンソロジー

前田珠子
かたやま和華
毛利志生子
水島　忍
秋杜フユ

目次

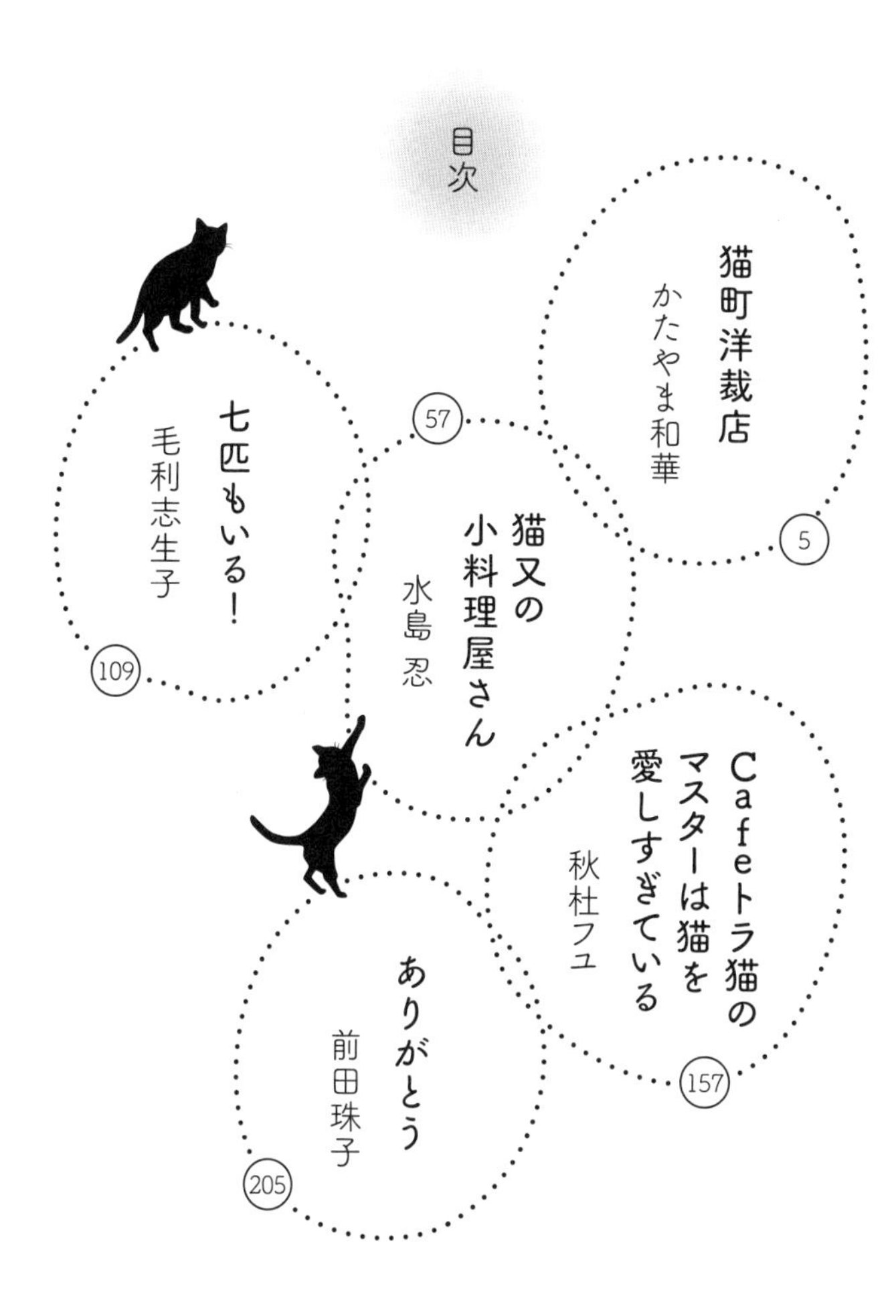

猫町洋裁店

かたやま和華

その洋裁店は、猫町一丁目の坂の上にありました。

猫町は海の近くのような気もしますし、街中のような気もしますし、人里離れた場所のような気もする不思議な町です。

西の空にはクロワッサンのような月が出ていました。

きらきらとまたたく星も、たくさん流れていました。

くねくねした長い坂の上に建つレンガ造りの洋館、それが〝猫町洋裁店〟です。

ギギギィ、と軋む玄関扉を押し開けて薄暗い店内に姿を現すと、

「いらっしゃいませ、お待ちしておりましたよ」

と、古いミシンの前に座っていたご店主が、わたしに気づいて声をかけてくれました。

「こんばんは、お邪魔いたします」

わたしはご店主に向かって、ゆっくりなまばたきであいさつをしました。

ご店主の手もとには仮縫いされた毛皮が何枚も積んであり、どうやらミシンで本縫いをしようとしているところだったようです。

「ご店主は、今夜もお忙しそうですね」

「フフ、おかげさまで。さぁ、お客さん、暖炉のそばのソファにお座りください。今夜は北からの冷たい風が強く吹いておりましたでしょう」

「はい、坂の上は余計に風が強く感じられますね」

　わたしは凍える手のひらを、ペロリと舐（な）めました。

「ところで、ご店主。先ほど、『お待ちしておりましたよ』とおっしゃいましたが、わたしは今夜の予約を取っておりません。思い立ってやって来ただけですので、もしや、他の誰かとお間違えになってはいませんか？」

「いいえ、お客さんをお待ちしていたのです。そろそろいらっしゃるころだと思っていましたから」

　そう言って、ご店主が銀縁（ぎんぶち）の丸眼鏡（まるめがね）を持ち上げました。

　ご店主は仲間うちでも評判の、腕のいい洋裁師です。わたしは毛皮の仕立て直しをしてもらうために、この猫町洋裁店をこれまでも何度か訪れたことがありました。

「そのレッドマッカレルタビーのお毛皮、いつ拝見しても縞（しま）がお美しいですね」

「ありがとうございます」

「とはいえ、そちらのお毛皮はもうずいぶん着古しましたでしょう？」

　わたしはギクリとして、身構えました。

「さて、お客さん、今日は古くなったお毛皮のお仕立て直しでいらっしゃったのでしょうか？　それとも、新しいお毛皮のお仕立てで？」

「古くなった毛皮の仕立て直しをお願いします」

　わたしは少々声をかぶせて、お願いしました。

「そうですか、古くなったお毛皮のお仕立て直しですか」

ご店主がミシンの前から立ち上がり、暖炉のそばのソファに座り直しました。

長い黒髪をひとつに束ねるご店主は年若く見えますけれど、わたしよりも、どの仲間よりも、ずっと長い時間を生きている人生の大先輩です。シワひとつないワイシャツにヘリンボーンのベストを着て、アームガーターで裄丈の長い袖をたくし上げている姿が、ご店主のトレードマークでもありました。

ヘリンボーンというのは、〝ニシンの骨〟という意味なのだそうですね。魚の開きに似た模様なので、そう呼ばれているのだと、ご店主がむかし教えてくれました。

『わたくしたちにとって、たまらない模様だと思いませんか？』

とも、ご店主は言っていました。そのときに、

『おいしそうな模様ですね』

と、わたしがうっかり口を滑らせてしまうと、ご店主は丸眼鏡を持ち上げながら大笑いしました。笑うと、ますます年若く見えます。

『そうでしょう、たまらなくおいしそうな模様でしょう』

この話をしてからというもの、わたしはご店主のヘリンボーンのベストを見るたびに、お腹の音をぐうぐうと鳴らしてしまいます。今夜も、のんきにお腹を空かせている場合ではないのに、勝手にお腹の音がぐうぐうと鳴ってしまいました。

「まずは、お客人、冷めた麦茶でもお召し上がりください」

　ご店主が、フフ、と春風のように笑って、とっくに湯気の出なくなっている麦茶を差し出してくれました。

　麦茶は、わたしの大好物です。わたしたちはイネ科の植物のニオイに心惹（ひ）かれるところがあるようなのです。

「麦茶は緑茶やほうじ茶、ウーロン茶、紅茶、コーヒーなどと違ってカフェインレスですので、ご心配はご無用ですよ」

　ご店主がそう言うのですから、飲んでも問題はないのでしょう。

「ただし、飲みすぎはいけませんよ。とかく、この世のあらゆることはほどほどに、過ぎたるは及ばざるがごとしです」

「この世のあらゆることは……」

「ほどほどに」

「……肝（きも）に銘（めい）じておきます」

　さすがはご店主、わたしたちのことを、また世の中のことを、よくよく心得ています。みんな、腕も一流なら、人柄も一流、何より物知りのご店主は仲間たちの憧れの存在です。

　な、ここぞというときには、この猫町洋裁店へ駆け込むのです。

「さて、お話をもとに戻しましょうか」

ご店主が金襴手のティーカップを持ち上げて、冷めた麦茶を紅茶でもたしなむように優雅に口に運びました。

わたしたちは熱い飲み物は苦手です。わたしは念のためにティーカップをふうふうしてから、冷めた麦茶をひとすすりしました。

そうしてから、改めて、ご店主にお願いをしました。

「ご店主に、もう一度、今の毛皮を仕立て直していただきたいのです」

「そちらのレッドマッカレルタビーのお毛皮は、いよいよ継ぎ接ぎだらけでほころびだらけ、今一度のお仕立て直しはさすがに難しいかと」

「そこをなんとかお願いします」

わたしはご店主に、必死に頼み込みました。

「あと少しだけ、ほんの少しだけでいいのです。今の毛皮を着ていたいのです」

「『ほんの少しだけ』と。去年の落ち葉が舞うころにも、お客さんは当店にいらして、同じことをおっしゃいましたね」

「わがままを言っているのは、自分でもわかっております」

「あのときは無理に無理を重ねてほころびをお繕いいたしましたが、わたくし申し上げましたよね？　これが最後のお仕立て直しになりますよ、と」

「はい、よく覚えております」

「まだ、ふんぎりがつかないのですか？」

ご店主の核心を衝いた問いかけに、わたしは涙をこらえて深くうなずき返しました。

いかに継ぎ接ぎだらけでほころびだらけになろうとも、どうしても、今の毛皮をあきらめることができなかったからです。

「困りましたね」

つぶやいて、ご店主がソファに背中を預けました。

店内の柱時計が、午前二時を告げる鐘を鳴らしはじめました。窓の外では、北風が落ち葉とフォークダンスを踊っています。それを見守る背の高い木々たちは肩を震わせ、はなはだ寒そうです。

「お客さんが愛着あるお毛皮を大切にしたいお気持ちは、わたくしにも痛いほどよくわかります」

そう言われて、わたしの瞳から涙があふれました。

わたしの目は、アンバーと呼ばれる色をしていました。いわゆる、琥珀色です。

毛皮と目の色から、わたしはよく『最中みたいでおいしそう』と言われます。いっそ、本当に最中に生まれてくればよかったと思います。

そうしたら、おいしく召し上がってもらえるのに。

「誰でも愛着あるお毛皮を脱ぎ捨てるときは、胸が張り裂けそうに苦しくなるものです。

わたくしにも、同じ経験がありますす」


「ご店主にも？」

「ええ、伊達に長生きはしておりませんからね」

ご店主の丸眼鏡の奥の目が、ふっと遠くを見つめるように細くなりました。

「お客さん、わたくしは何も意地悪が言いたいわけではないのですよ」

「わかっております」

「ただですね、わたくしにもできることと、できないことがあるのです」

わたしはちぎれんばかりに、首を左右に振りました。

「ご店主の裁縫の腕でしたら、どのようなほころびのあるボロでも錦になると評判です。一流の職人だと、仲間のみんなが言っています」

「フフ、ありがとうございます。みなさんにそう思っていただけているのなら、職人冥利に尽きますね」

「これは、ご店主にしかできないことです」

「そうですね、わたくしにしかできないことです。ただし、わたくしは神ではないのですよ。ただの……………なのですから」

ご店主の言葉の途中で、暖炉の薪が大きく爆ぜました。何を言ったのか、わたしの耳には聞こえませんでした。

「お客さんは、これまでにお毛皮をお召し替えになられたことは？」

「まだ一度もありません」

「そうですか」

「何度も着替えを経験すれば、こんなに苦しまずに済むのでしょうか？」

わたしは藁にもすがる思いで、ご店主に問いました。

「どうなのでしょうね。お毛皮のお召し替えのたびに、ウサギのように目を赤くするお客さんもおります」

「ウサギのように目を赤く？」

「泣き腫らした赤い目です」

それはまるで、今のわたしそのものです。

「ですけれどもね、新しいお毛皮にお召し替えなさるのは、そう苦しいことばかりでもないのですよ。新調したお毛皮は継ぎ接ぎやほころびがないのはもちろんのこと、まだなんの穢れもないわけですからね。たちまち身体が軽くなったと、お客さんたちの多くがおっしゃいます」

「身体が軽くなる？」

「痛みもなくなりますので、できなくなってしまっていたことが、またできるようになるのです。飛んだり、跳ねたり」

「駆け回ったり？」

「いかようにも、思いのままに」

それは少しだけ、いいことのように思えました。ご店主の言うように、わたしの古くなった毛皮ではできないことが年々増えていました。

ここへやって来るのにも、大層時間がかかりました。わたしは坂道の途中で、何度足を止めたことでしょう。

「お仕立て直しには限がありません。限を迎えたのちは、新しいお毛皮をお仕立てになるのが、わたくしたち仲間うちの道理なのです」

「キリ……」

「むかしのお毛皮は三年、お仕立て直しをしても五年持てばよいようなものでした。それが近年では、正しいものを食べて、飛び出しやら、喧嘩やらをせずに、ほころびを見つけたときにはきちんとお繕いさえしていれば、十五年でも、二十年でも長持ちするようになりました」

「わたしの知り合いでも、二十三年も同じ毛皮を着ていたものがおりました」

「ほほう、それは物持ちのよいことですね」

その知り合いは、それほど頓着することなく、夏の終わりにあっさり古い毛皮を脱ぎ捨てました。

「足腰はだいぶ弱ってはいましたが、わたしから見れば脱ぎ捨てられた毛皮は目立ったほころびもなく、まだあと数年は着られそうだと思いました」

わたしの毛皮のほうが、よほどほころびだらけでした。

「きっと、そのお知り合いはホストファミリーのためを思って、新しいお毛皮のお召し替えをご決断なされたのでしょう」

「ホストファミリーの、ため？」

「元気なお姿になって、ホストファミリーのもとへ再び帰って行きたかったのでしょう」

「ホストファミリーの、もとへ？」

再び、帰って行くことができるのですか？

それも、元気な姿になって。

「お客人は、そのお毛皮をお召しになって何年になりますか？」

「十七年になります」

「その間、わたくしは何回ほど、ほころびをお繕いしましたでしょうかね」

「五回……、いえ、六回だったかと思います」

「そうであれば、ますますお召し替えのころ合いかと」

店内の壁に設(しつら)えた木製棚(もくせいだな)には、色や模様、毛足の長さなどの違うたくさんの毛皮がストックされていました。わたしが『わかりました』とうなずけば、あの木製棚から新しい毛皮を選んで仕立てることになるのでしょう。

　わたしがこの洋裁店を知ったのは、十年前のことです。

　とある病気を発症し、どうにもならなくなって夜中に病院へ連れて行かれたことがありました。念のために、その日は一泊だけ入院することになりました。

　そのときに、年老いた入院仲間が、この洋裁店について教えてくれたのです。

『お前さんはまだ若い。今の毛皮をニャがく着ていたいんニャら、猫町一丁目の洋裁店でつどつどにほころびを繕ってもらうといいよ』

　そこで初めて、わたしは洋裁店という言葉を耳にしました。

　今の毛皮を長く着ていくためにはほころびは繕っておくべきものであり、わたしたちの毛皮を仕立て直せる職人がいるのだと知ったのです。

「お客さん、ご存じですか？　お毛皮のお召し替えができるのは、わたくしたち〝猫〟だけなのですよ。犬はできません」

「猫だけ、なのですか？」

「猫に九生あり、わたくしたちは九つの魂を持っております。ひとつめの魂の火が消えましたら、お毛皮をお召し替えなさって、ふたつめの魂の火を灯せばよいのです」

　わたしは息を呑みました。

　暖炉の炎がご店主の姿を照らし、ソファの足もとに色濃い影を作っていました。

その影は間違いなく人間の姿ではありますが、ゆらゆらと、腰のあたりに二本に裂けた長いしっぽが映り込んでいました。

「そのために、わたくしがいるのです。この洋裁店は、そういう店なのです」

「そういう……店？」

「化け猫の、洋裁店です」

ご店主が、にんまりと笑いました。

その目は妖しく、金色に光って見えました。

🐾　🐾

わたしはオス猫です。

名前はモナカ、毛皮の色はレッドマッカレルタビーです。マッカレルというのは〝サバ〟という意味です。タビーとは〝縞模様〟のことです。

マッカレルタビー、それはサバの模様のような縦縞の猫を言います。

わたしはレッドなので、〝茶トラ〟と言った方がわかりやすいかもしれません。

わたしが今の毛皮を猫町洋裁店でご店主に仕立て直ししてもらうようになったのは、先ほども少し触れましたが、とある病気を発症したからです。

あれからもう、十年も経つのですね。

遊歩道のアジサイが、日に日に花の色を変えていく時分のことでした。梅雨どきならではの蒸し蒸しした日が続き、おうちはエアコンが入っていましたが、今にして思うと出窓まわりはかなり暑かったような気もします。

わたしは遊歩道を見下ろす西向きの出窓が、お気に入りの場所でした。

ふだんから人間のおかずには一切手をつけず、与えられたフードのみを口にするように気をつけていたのですが、出窓から動くのがおっくうであまり水を飲まなかったせいなのでしょうか、わたしは尿路結石症になってしまったのです。

オシッコの通り道に、結石ができてしまう病気です。

この病気は食事の偏りによって起こるらしく、また水分不足などで濃いオシッコをするのもよくないそうです。メスよりも、尿道が長いオスの方が、結石が詰まりやすいと言われています。激しい痛みを伴うことでも知られ、最悪の場合は虹の橋を渡る覚悟も必要になるのだとか……。

オシッコをすると痛むので、わたしはできるだけトイレへは行かずに、背中を丸めて痛みをじっとガマンすることにしました。ガマンしていれば治るだろうと、タカを括っていたのです。

だって、できることなら動物のお医者さんのところへは行きたくないでしょう?

ところが、そんなわたしの異変に、ホストファミリーのお母さんはちゃんと気づいてくれました。お父さんもお母さんも蜂(はち)の巣をつついたように大慌てで、結局、わたしは夜中に動物病院へ連れて行かれることになったのです。

動物のお医者さんが言うには、主に結石にはオシッコがアルカリに傾くことで結晶化しやすくなるストルバイト（リン酸アンモニウムマグネシウム）と、オシッコが酸性に傾くことで結晶化しやすくなるシュウ酸カルシウムがあるそうで、わたしを苦しめていたのはストルバイトだという話でした。

このときはヘビのようにニョロニョロした細長い管を使ってオシッコを出し（余談ながら、ヘビはわたしたちの天敵です）、痛い注射を打って、幸いにも事なきを得ることができました。けれども、この日から、わたしはオシッコがアルカリに傾かないようにする、療法食を食べ続けなければならなくなりました。

正直に言いまして、栄養バランスを考えた療法食というのは、まったく寝ぼけた味しかしません。わたしたちはさほど味覚を感じないと思われているようですが、酸(す)っぱい、苦い、しょっぱいくらいならわかります。甘みや旨味(うまみ)、深み、コクとなるとお手上げですが、その分、おいしそうなニオイであったり、まろやかな香りであったりを嗅(か)ぎ分けることはできるのです。要するに、ニオイひとつでフードがおいしくも、まずくも感じられるわけです。

療法食は、このおいしそうなニオイがとりわけ弱いのでしょう。

そのくせ、療法食はカリカリでも缶詰でもかなり値が張ります。

わたしはお父さんとお母さんに、

『こんな高いだけで寝ぼけた味しかしないフードより、今までのフードにして』

と、何度もお願いしました。

そして、ふと思い出したのです。

年老いた入院仲間が教えてくれた、猫町一丁目の洋裁店のことを。

わたしたちは病気になったり、ケガをするたびに、少しずつ今着ている毛皮がほころんでくるのだそうです。そのほころびをちゃんと繕(つくろ)ったのか、放っておいたのかで、寿命(じゅみょう)が変わってくるというのです。

わたしは今の毛皮を大切にして、長生きしたいと思いました。

お父さんとお母さんに心配をかけてばかりではいられません。

ですから、あのときから――。

「十年前のあのときから、わたしはご店主のお世話になりっぱなしなのです」

猫町一丁目の坂の上にある、レンガ造りの洋館。

ここは不思議な町の、不思議な洋裁店です。

「フフ。ご愛顧(あいこ)、ありがとうございます」

暖炉のそばのソファに座るご店主が、長い足を組み直しました。

その姿は人間そのものです。ただし、腰のあたりからは二本に裂けた長いしっぽが生えていました。

ご店主は人の姿に化けた、化け猫なのです。

むかし、お父さんとお母さんが言っていました。

『猫が毛皮を着替えて帰ってくるっていう都市伝説、本当だと思う？』

そのときはなんの話をしているのか、幼かったわたしにはよくわかりませんでしたが、きっとこういうことを言っていたのでしょう。

「ご店主は、どこで毛皮の洋裁のノウハウを覚えたのですか？」

「化け猫になるための修行で、あちこち旅をしていたときです。海の向こうからやって来た洋裁師に出会いましてね、そのお方のもとで技術を学びました」

「海の向こうから？」

「わたくしのお師匠は、七つの海を旅して活躍しておられる偉大なお方なのですよ」

「七つの海を股にかけるとは、それは本当に偉大ですね」

わたしはただただ感心しました。わたしはずっと室内飼いでここまで来ましたので、世間のことをとんと知りません。

「あの、ご店主。もしも、お時間が許すようでしたら、わたしの思い出話に少しばかりお付き合いいただけないでしょうか?」

「ぜひとも、お聞かせください。わたくしの仕事はただ裁ちばさみを走らせ、ミシンを踏むことばかりではありませんからね」

「ありがとうございます」

わたしはご店主の向かいのソファで、姿勢よく両手(正確には前足になるのですが)をそろえて座りました。

「わたしのこの座り方を〝三つ指座り〟と呼ぶそうですね。三つ指をつくというのは、どういう意味なのでしょうか? よくホストファミリーのお母さんが『温泉旅館の女将さんみたいね』と笑っています」

「正座をして、両手の指先を畳につけてお辞儀をすることですね。我が国らしい、古式ゆかしいあいさつです。外国由来では〝エジプト座り〟と呼ぶ方もおりますよ」

「エジプト?」

わたしの頭にまっさきに浮かんだのは、三角のピラミッドです。テレビで観たことがあります。

「エジプトのバステト神に似ていることから、そう呼ぶようです」

「バステトシン?」

こちらは初耳です。

「それはおいしいものですか？」

「フフ。バステトというのは、猫のお姿の女神さまのことです」

「猫のお姿の……、あっ、スフィンクスなら知っています」

「スフィンクスのあの身体は、ライオンなのだそうですよ」

「そうなのですか」

「わたくしたちも、スフィンクスのように前足を伸ばした伏せの姿勢を取ることがありますでしょう。あれは〝スフィンクス座り〟と呼ばれています」

「そうなのですね」

「前足を胸の下に畳み込んでいると、〝香箱座り〟。香箱というのは、文字どおり、お香を入れる箱のことですね」

「わたし、その姿勢のまま、突っ伏して寝てしまうことがあります」

　わたしは昼間はたいてい、西向きの出窓で香箱を作っています。遊歩道に知らない猫や、知らない人間が入ってこないように見張っているのです。

「出窓はおうちの見張りをするにも、日向ぼっこをするにもバッグンの場所なのです。ただ、昼寝をするにはややまぶしいので、日差しを避けて突っ伏しているうちに、うつらうつらしてしまいまして」

「人間には、それが土下座してあやまっているように見えるらしいですよ」

「なんと。まぶしいだけで、わたしは誰にもあやまっているつもりはないのですよ」

「まったく、人間はわたくしたちのことをわかっておりませんね。わたくしたちは頭を下げられこそすれ、頭を下げるなどということはいたしませんものね」

「ごもっともです」

わたしたちは何者にも媚(こ)びません。

「なぜなら、わたしたちはやんごとない種族だからです」

「なぜなら、わたくしたちはやんごとなき種族だからです」

わたしとご店主の声が重なりました。

わたしたちは目を見合わせ、どちらからともなく、笑いだしてしまいました。

「ああ、お客さん、すみません。お話をお聞かせいただくはずが、わたくしついつい出しゃばってしまいました」

ご店主が丸眼鏡(まるめがね)をいじりながら、肩をすぼめました。

「いつもご店主のお話は勉強になります。何しろ、わたしは外の世界を知りませんので」

「お客さんは、完全室内暮らしでいらっしゃいましたね」

「はい、三階建てマンションの三階の角部屋に暮らしています。ですが、生まれは野良です。紙袋に入れられて、ホストファミリーのお父さんの勤める会社の駐車場に捨てられていたそうです。まだ目が開く前のことでしたので、わたしはそのときに何があったのかをはっきりとは覚えていないのですが……」

「目が開く前の仔猫たちに、なんという無体。ひどい真似をする人間がいるものです」

ご店主が眉をひそめて、首を振りました。

姿は見事なまでに人間でも、ご店主の心は猫に寄り添ったままなのです。

「紙袋の中では、おひとりだったのですか？　あるいは、ご兄弟とご一緒だったのでしょうか？」

「お父さんが言うには、わたしのほかに姉か妹かはわからないメスと、兄か弟かはわからないオスのふたりがいたそうです。ふたりともわたしと同じ茶トラの毛皮でしたが、メスは鉢割れで、オスは白靴下を履いていたようです」

「なるほど、ご兄弟たちはレッドマッカレルタビー＆ホワイトのお毛皮なのですね」

「わたしにはホワイトの部分がありません」

「その分、全身がお美しい縞で覆われているではありませんか」

ご店主は、わたしの縞をよく褒めてくれます。照れくさいけれど、褒められるのはうれしいことです。

「わたしたちを保護してくれた女性社員さんには、今も感謝しています。すぐに近所の動物病院で、健康状態のチェックをしてくれたらしいです」

「それはようございましたね」

「女性社員さんはゆっくり里親を探そうとしていたようですが、社内に猫好きの男性社員さんがいて、翌日にはわたしの兄弟たちが引き取られていきました」

「その男性社員さんは、おひとり暮らしですか?」

「いえ、ご両親と暮らしているようです。ご両親も生粋の猫好きで、ぜひうちのコにと申し出てくれたそうです」

「それなら安心いたしました。おひとり暮らしでふたりの仔猫のお世話をなさるのは、いささか無茶がすぎますからね」

ご店主は安堵したように、ティーカップを口に運んで麦茶を飲みました。

わたしも麦茶を飲んで、喉を湿らせました。

「わたしは保護されたときにあまり元気がなかったようで、ひとりだけ取り残されてしまったのです」

「でも、取り残されてよかったのではありませんか?」

「そうなのです」

「今のホストファミリーに出会えたのですからね」

「本当によかったです」

わたしは、今のホストファミリーが大好きです。

「ご店主、まずはわたしのお父さんのお話から聞いてください」

「聞かせていただきましょう」

木枠の窓がガタガタと音を立てているので、外は相変わらず北風が強く吹いているようでしたが、暖炉のおかげで身体は暖まってきました。

こうなると眠気に襲われてしまうのが、わたしたちのいつものパターンです。

ですが、今夜はちっとも眠たくはありませんでした。

「お父さんがわたしを引き取ることになったのにはワケがあるのですが、それはお母さんのお話のときにするとして、まずはお父さんです。わたしは最初、お父さんがそれほど好きではありませんでした」

「フフ。オスは人間のオスよりも、人間のメスになつくとはよく耳にしますね」

「だって、お父さんは身体も大きいし、声も大きいし、いびきと足音がうるさいのです。小さいころに、何度踏まれそうになったことでしょう」

お父さんは、学生のころからやっているというバレーボールが趣味です。週末になると地元の体育館で練習に励んでいましたが、最近は腰が痛いとか、膝が痛いとか、あちこちガタがきているらしく、家でゴロゴロしていることが多くなりました。

人間にも毛皮を繕ってくれる洋裁師さんがいればいいのに、いないようです。

え？　人間は毛皮を着ていないですって？

そう言われてみれば、そうでした。

「お父さんとお母さんは共働きなので、わたしは小さいうちはケージの中で留守番をしてふたりの帰りを待っていました。お父さんもお母さんも、猫と暮らすのは初めてだったそうです。たくさん調べて、いろいろなアドバイスをもらって、必要と思われるものを片っ端から買いそろえて、わたしを引き取ったと話してくれました」

「それは勤勉なホストファミリーですね」

「ありがたいことですが、ありがた迷惑な知識もちらほらありました。わたしたちの歯にも歯垢が付くと知れば、口の中に歯ブラシを突っ込んで歯みがきをしてみたり。肛門腺が破裂すると知れば、定期的に臭い汁をしぼるために動物病院へ通ってみたり」

『それは災難でしたね』と、うなずいてくれるかと思いきや、意に反して、ご店主は人差し指を横に振っていました。

「お客さん、歯みがきは大切ですよ」

「でも、わたしたちは虫歯にはなりません」

「そうですね。わたくしたちは甘みというものがよくわからないので、人間のようにお菓子やケーキを好んで食べることはありませんし、そもそもが口内環境の違いで虫歯菌が繁殖しないと言われておりますね」

「やっぱり」

「ですけれどもね、歯周病にはなりますよ」

「シシュウ病？」

「歯肉炎、歯周炎、歯槽膿漏、これらがまた厄介な病気なのです。わたくしのところへやって来るお客さんでも、歯周病と戦っておられる方は多いですね」

「それは、毛皮の繕いが必要になるほど厄介な病気なのですか？」

「食べカスがお口の中で悪さをして、歯に歯垢や歯石が付き、歯茎が痛み、口臭もひどくなり、歯茎からは血が流れ、やがては歯が抜けてフードが食べられなくなります」

　わたしは話を聞きながら、震えあがりました。暖炉の前にいるので暖かいはずなのに、ヒゲの先までぶるぶるしました。

「それだけではありません。歯石となると歯ブラシでは取れないので、手術が必要になります。一服盛られて眠っている間に、お口の中を金属の鋭利な器具でぐりぐりされてしまうのです」

「ぐりぐり！」

　それは厄介を通り越して、とんでもなくおそろしい病気です。

　だいたい、フードを食べられなくなったら困ります。療法食が寝ぼけた味うんぬんどころの話ではありません。

「きちんと歯みがきをしてくれていたホストファミリーに、感謝なさるとよいでしょう」

「今までさんざん暴れて、お父さんの手にかじりついたり、お母さんの手を蹴とばしたりしてしまいました」

「それは問題ないでしょう。人間というのはわたくしたちに噛まれることも、引っかかれることも、喜びに感じるそうですから」

「そうなのですか」

「下僕とは、そういうものです」

「そうなのですね」

犬はホストファミリーを主人と見なすようですが、猫は自分こそが主人であると思っています。なぜなら、わたしたちはやんごとない種族だからです。

「肛門腺しぼりのときは、動物のお医者さんや看護師さんを引っかいてしまいました」

「それは少しばかり、動物病院のみなさんがお気の毒ですね。洋裁師のわたくしはお毛皮のお繕いしかできませんが、動物病院のみなさんはわたくしたちの魂の入れ物を修復してくれる便利な人間たちなのですよ」

「魂の入れ物……」

「お身体は、魂の入れ物です。その入れ物を着飾るのが、お毛皮です」

わたしは店内を見回しました。

ここにある毛皮は、魂の入れ物を着飾るためのものだったのです。

「さて、それから」

「はい？」

「お父さんのお話です。最初は、それほどお好きではなかったのですよね」

「そうでした。話を戻します」

　わたしは毛皮のことは一旦頭のすみっこへ押しやって、お父さんの思い出話を語りだしました。

「いつもだいたい、お母さんの方がお父さんよりも先に仕事から帰ってきました。お母さんはわたしをケージから出して、お父さんが帰ってくるまでのひと時、たっぷりと遊んでくれました。今、わたしはもうケージを使ってはいないのですが、お母さんが帰ってくると出窓から下りて、たっぷりとお母さんに甘えます」

「おや、お客さんは甘えん坊さんなのですね」

　フフフ、とご店主がからかうように笑いました。否定したくても、本当のことなので仕方がありません。

　お父さんとお母さんは毎日の家事分担をしていたので、平日の夕飯を作るのはお父さんの仕事でした。お父さんが帰ってくると、お母さんは洗濯物を畳んだり、アイロンがけを始めたりします。

「せっかくのお母さんとの楽しい時間が、お父さんが帰ってきたばっかりに終わってしまうのです」

「なるほど、そういうことですか」

「しかも、お父さんはやかましくどたどたと帰ってくると、毎回わたしに『チューは？』とたずねます。わたしはネズミではないので、チューなんて鳴きません」

ご店主が丸眼鏡を手で押し上げて、小首を傾げました。

「お客さん、ひょっとして、チュー違いでは？」

「そうなのです。キッスの方です。お父さんは、すぐにわたしにキッスをするのです」

「おりますね、そういうしつこい人間」

「大きな手でわたしをむんずとつかんで、こう、ぐっと顔を近づけてきます。そのたびに、わたしは両手両足を突っぱねてやるのです」

わたしは身振り手振りをつけて、ご店主に説明しました。

「それなのに、お父さんは喜ぶのです。肉球がプニプニしている、肉球が汗のニオイがすると言って、目尻を下げるのです」

「おりますね、そういう暑苦しい人間」

「変態です」

「下僕とは、そういうものです」

ご店主は肩を震わせて、笑いを噛み殺していました。

「ご店主、笑いごとではありません」

「これは失礼」

「お父さんの大きな身体は、ほとんどライオンです」

「お母さんは、そういうことはしないのですか?」

「それが、お母さんもするのです。メスライオンです」

わたしがため息をこぼすと、ご店主はまた少し肩を震わせてから、誤魔化(ごまか)すようにティーカップを持ち上げました。

「でも、最近はあきらめました。じっとガマンして、ふたりが満足するのを待ちます」

「賢明なことです」

「むかしは、お父さんとのキッスは本当にガマンがなりませんでした。だって、臭いのですもの」

ブッ、とご店主が冷めた麦茶を噴き出しました。

「大丈夫ですか、ご店主」

「失礼。お客さんが、その、あんまりな言いようをするものですから」

「だって、お父さんからはタバコのニオイがしたのです」

「ああ、それはわたくしも嫌ですね」

「ですが、お父さんはすごいのです。わたしのためにタバコをやめてくれたのです」

「ほう、それはすごいことですね」

「わたしたちとのよりよい暮らし方を調べるうちに、おうちの中にタバコを吸う人間がいる場合と、いない場合とでは、わたしたちの病気になるリスクに違いが出るということに気づいたそうです」

ご店主は噴き出した麦茶を白いハンケチで拭きながら、うなずいていました。

「わたくしのお客さんでも、お毛皮がひどくタバコ臭いお方がときどきおられます。そういう方々は、グルーミングのときにニオイごとお毛皮を舐めてしまわれるので、どうしてもほころびが早いような気がいたします」

「わたしたちは鼻がいいですし、ニオイにはうるさいですからね」

「そうですね。ただ、まれに、そうしたお毛皮をお召しになられていても、長生きするお客さんもおります。何が正解なのかはわかりません」

ご店主の言うとおりだと思います。

何が正解なのかはわからない。だからこそ、正解ではないかと思うものに真剣に向き合ってくれるお父さんを、わたしは尊敬していました。

「わたしは、わたしのために頑張ってくれたお父さんを好きになりました。いいえ、大好きになりました」

「何よりではありませんか」

「ちょっと甘えただけで、簡単においしいおやつを出してくれますし」

「下僕の鑑ですね」

「わたしが病気になってからは、ケチん坊になりましたが」

「それは致し方ありません。わたくしたちの下部尿路疾患は、病気と長く上手に付き合っていかなければなりません。見誤ると取り返しのつかないことになりますからね」

「はい。お父さんには、長く、本当に長く、よくしてもらいました」

わたしのワガママを聞いてくれて、イタズラをしたときは強く怒りますが、すぐに仲直りのキッスをしてきます。

いつだって、わたし中心に暮らしてくれました。

「それに、お父さんの肩の上はキャットタワー並みに見晴らしがいいのです」

「わたくしたちは高いところが好きですからね」

「それに、よじ登るのも好きなものですから」

わたしが小さいうちは、お父さんの背中をよじ登るたびにTシャツやトレーナーに爪で穴を開けてしまいましたが、わたしが大きくなってからは抱っこから肩の上にまわるようになったので、それほど大きな穴は作らなくなりました。

お父さんの抱っこは、ちょっとごつごつしています。二の腕や胸の筋肉が固いからなのでしょう。でも、そのごつごつに、なんとも言えない心地よさがありました。

わたしは少しだけ目を閉じて、お父さんのごつごつを思い出していました。

パチパチ、と暖炉(だんろ)の薪(まき)が静かな音を立てています。

窓の外の北風は、一向に吹き止む気配がありませんでした。

「あの、ご店主。次に、お母さんのお話も聞いてください」

「聞かせていただきましょう」

「ありがとうございます」

お母さんとの楽しい思い出が、頭の中を駆け巡ってゆきます。何から語りましょうか、一度語りだしたら止まらなくなりそうでした。

お父さんとお母さんには、人間の子どもがいませんでした。

わたしが、ふたりのひとり息子なのです。

「ご店主は、〝妊活(にんかつ)〟という言葉をご存じですか？」

「ええ、わたくしたちにも妊活に似たものはありますからね」

「そうなのですか」

「お客さんは、〝猫の子殺し〟という言葉をご存じですか？　オスはメスと交尾するために、自分の子以外の仔猫を殺すことがあるのですよ」

「えっ」

「そうすることで、メスがまた発情するように仕向けるのです」

わたしは、すぐには二の句が継げませんでした。

オスとは、なんて乱暴なことをする生き物なのでしょう。

ああ、わたしも去勢をしているとはいえ、オスではありませんか……！

「ひどい、と思われますか？」

わたしは、コクリとうなずきました。

「ですけれども、これも自分の子孫を残すためです。外の世界では、強い者しか生き残れないのです」

「外の世界は厳しいところなのですね」

「ええ、とても」

ご店主が壁に設えた木製棚をながめて、言葉を続けました。

「外の世界だけで生きておられるお客さんは、お若くして毛皮をお召し替えなさることも少なくはありません」

「そうなのですね」

わたしは自分のこれまでを振り返り、なんと恵まれた日々だったのかとしみじみと幸せを噛みしめました。

きっと、あまりにも幸せすぎたので、今の毛皮を脱ぐのが怖いのでしょう。

「ああ、お客さん、すみません。また脱線してしまいました」

「いいえいいえ、外の世界のお話はどんどん聞かせてください」

「ですけれども、今はまず、お客さんのお母さんのお話です。お客さんは、ホストファミリーのひとり息子でいらっしゃいましたね？」

「はい。何年も妊活をしても子宝に恵まれず、お母さんが気弱になっていたときのことでした。お父さんからわたしたち三兄弟の話を聞いて、ひとりだけ残ってしまった子がいるのなら、その子を引き取りたいとお母さんが言い出したのだそうです」

「思いきりましたね」

「『運命のような気がする』と、お母さんは言っていたようです」

「運命、確かにそうかもしれませんね。わたくしたちとホストファミリーの出会いは、偶然ではなく、必然なのです」

「偶然ではない？」

「お毛皮のお召し替えに慣れたお客さんは、新調したお毛皮に腕を通しましたら、ほとんどのお方がすぐに新しいホストファミリーのもとへ現れます。事前に下調べをなさって、ご自分を大切にしてくれるであろう家族に目星をつけておくのです」

「なんと」

「人間はわたくしたちを家畜化したと思っているようですが、わたくしたちは人間に飼われているのではありません。わたくしたちが人間を飼い慣らしているのです」

　おおう、と感心して、わたしはご店主に拍手を送りました。肉球があるので人間のようにいい音は鳴りませんが、両手をタシタシと打ち鳴らしました。

「なぜなら、わたくしたちはやんごとなき種族だからです」

　ご店主の談話に、わたしはさらなる拍手を送りました。

　しかし、ふと気づきました。

「あの、でも、ご店主。わたしはまだ一度も毛皮を着替えたことがないので、事前に下調べをした覚えはないのですが」

「初めての魂のお方は、猫神（ねこがみ）さまが行き先をお決めくださいます」

「猫神さま……」

　そういう尊（とうと）いお方が遠くの聖地にいらっしゃるとは聞いて知っていますが、わたしはいまだお会いしたことがありません。

「いずれにせよ、お客さんとお母さんの出会いは運命でしたのでしょう。出会うべくして、出会ったのです」

「出会うべくして……」

　そうなのだとしたら、うれしいことです。その運命によって、わたしがお母さんを少しでも幸せにできたのなら、もっとうれしいのですが。

「おうちには、たまに、お父さんやお母さんのお友だちが子どもを連れて遊びに来ます。わたしは子どもが嫌いなので、そういうときは隠れてしまうのですが、あるとき、お友だちが子育ての苦労について延々とグチをこぼしていたことがありました」

　わたしが寝て、起きて、寝て、起きてしても、その話は続いていました。

「このグチはいつまで続くのかと思ったころ、『だけど、子どもの寝顔を見るとイヤなことみんな吹っ飛んで、幸せだなって思うのよね』と言って、お友だちが笑ったのです」

「ずいぶんと不躾(ぶしつけ)なことを言う人間ですね」

「人間の子どものいないお母さんはなんと答えるのだろうかと思い、わたしは聞き耳を立ててました」

「ええ、それで？」

「お母さんは『うちの子も、起きているときは悪魔でも、寝顔は天使なのよ』と笑いながら受け答えていました。うちの子、それはわたしのことです。お母さんがそう思ってくれていることがうれしかったのは、言うまでもありません」

「お客さんは、起きているときは悪魔なのですね」

「小さいころは、やんちゃでしたもので」

　わたしは若気の至りを恥じ入り、首をすくめました。

「帰り際、わたしはお友だちから言われました。『あなたはこの家の子ども代わりなんだから、長生きするのよ』と。わたしは素直に、はい、と思いました」

「そのとき、お母さんは？」

「お母さんは、そのときは何も言いませんでした。でも、お友だちが帰ったあとで、お父さんにぶちまけていました」

　あんなに怒った顔のお母さんは、初めて見ました。

『モナカは、この家の子ども代わりなんかじゃないのよ。モナカはモナカ、誰かの代わりだなんて、うちの子をバカにするにもほどがあるわ』

　お父さんも一緒に怒っていました。

「とてもすばらしいホストファミリーですね」

「はい。わたしは誰かの代わりでもいいと思っていましたが、わたしはわたしなのだと、ちょっぴり泣きそうになってしまいました」

「わたくしも、もらい泣きしそうです」

「年を取ると涙もろくなっていけませんね」

「おや、わたくしは年を取ってなどいませんよ。とうのむかしに、年を数えるのはやめましたからね」

「ああ、それで若作りを……っと、これは失礼いたしました」

「フフフ」

「ふふふ」

「フフフ」

「ふふふ」

わたしとご店主は、今日一番笑い合いました。

わたしは泣きながら、笑っていました。

「わたしはまだ、お父さんとお母さんの子でいたいのです」

「お気持ちはわかります」

「まだ、今の毛皮を脱ぎたくはないのです」

「また、お父さんとお母さんの子になればよろしいのです。新しいお毛皮にお召し替えになって、再び帰って行けばよろしいのです」

「毛皮を新調すれば、再び……帰って行くことはできるのですか？」

「できます」

ご店主は、きっぱりと言い切りました。

「わたくしのお仕立てするお毛皮を、どうぞ信じてください」

🐾　🐾

「わたくしのお仕立てするお毛皮を、どうぞ信じてください」

ご店主がそう言ったとき、猫町洋裁店の玄関扉が勢いよく開き、ひときわ大きな風の音がしました。

「毎度どうも、旦那(だんな)」

「おや、ハチさん。いらっしゃいませ」

「明日仕上がる予定の毛皮なんだがよ、仕事の早い旦那のことだからもうできあがってるんじゃないかって思って、待ちきれずに来ちまったよ」

「はてさて、せっかちなお方ですこと」

「っと、悪いな。先客がいたな」

北風とともに騒々しく来店したのは、全身が玉虫色に光るド派手な猫でした。毛皮は着ておらず、魂の入れ物そのものが光っているように見えます。

薄暗い店内が、一気に明るくなりました。

わたしは動揺(どうよう)を隠せないまま、とりあえずは珍客にあいさつをしました。

「こんばんは」

「おう、こんばんニャース」

「にゃーす?」

「なんだい、あんたのそのイカ耳、どえらい緊張してんな。この洋裁店へ来んのは初めてかい?」

「いえ、何度かお世話になっています」

「ふうん。じゃ、なんだい、おいらみたいな玉虫猫を見るのが初めてなのかい?」

図星を言い当てられて、わたしは気を紛らわすように鼻先をペロリと舐めました。

わたしは目の前の奇妙なお客を警戒していました。

人間ならば目は口ほどに物を言うようですが、わたしたちは耳やヒゲやしっぽが、言うなれば全身が物を言います。ピンと外に向かって立てた耳は、用心、不安、あるいは何かに強く興味を示したときなどのサインでした。イカのシルエットに似ているから、イカ耳と呼ばれています。

「ハチさん、お手柔らかに。こちらのお客さんは、まだお毛皮のお召し替えをなさったことがないのです」

「へえ、そりゃァウブなわけだい。おいらは今回の仕立てで九枚目よ。これまでに八枚の毛皮を着替えたから、ハチってんだい。よろしくニャース」

すくっと二本足で立ち上がったハチさんがソファにとことこと近づいてきて、右手を差し出しました。

「すごいですね、ハチさんは二本足で歩けるのですね」

「そりゃあな、八枚も着替えてりゃな」

「わたしもいつかは二本足で歩けるようになりますか?」

「ニャせばニャる」

「にゃせば？」

わたしが聞き返すと、

「『為せば成る』ですね。為さねば成らぬ、何ごとも」

と、ご店主が噛み砕いて教えてくれました。

わたしはうなずき返して、ハチさんが差し出している玉虫色の右手を取りました。猫同士で握手をするのは初めてでした。

「わたしはモナカです」

「ふうん。おいしそうな毛皮の色してると思ったら、名前までおいしそうなんだな」

「よく言われます」

「どれ、味見してやろうかね」

ハチさんが、くわっ、と大きな口を開けて噛みつく素振りを見せました。口の中まで、玉虫色でした。

「モナカの中身はこしあんかい？　つぶあんかい？」

「白あんです」

「へへ、悪くないぜい」

どうやらハチさんは気さくな猫のようでした。軽口を叩きあったら、わたしのイカ耳が元の耳に戻りました。

　この一連のやり取りをにこやかな笑顔で見守っていたご店主が、ソファから立ち上がりました。

「ハチさん、新しいお毛皮はこちらにできあがっておりますよ」

「おう、やっぱり旦那は仕事が早いや」

「まずは仕上がりをご確認ください。仕事が早くても、ご満足していただけなければ意味がありませんからね」

　ご店主は笑顔から職人の顔になって、木製棚にあった一枚の真新しい毛皮を抜き取りました。

「へへ、頑固な職人でいやがる」

「いかがでしょうか、トーティーシェルのお毛皮です」

「気取った言い方するない、サビの方がわかりやすいや」

「これは失礼。お恥ずかしながら、そうした色柄の呼称は、海の向こうからやって来たお師匠の受け売りなのです」

　ご店主は謙遜するように言いましたが、受け売りというだけでなく、お師匠さんに敬意を表しているのであろうことは十分に伝わってきました。

　ご店主の手にあるのは、黒と赤の絵具を筆で大胆に混ぜたような色の毛皮でした。ハチさんの言うように〝サビ猫〟の毛皮です。

「トーティーシェルとは〝べっこう〟という意味です。サビ猫と言いますと、少々残念な色のように聞こえますが、わたくしは粋な色合いのお毛皮だと思いますよ」

「おうよ、サビは粋でシブくて最高よ」

「ハチさん、ご試着はカーテンの奥でどうぞ」

「はいよ」

　ハチさんが毛皮を手にしたご店主に促されて、暖炉とは反対側の壁際にあるカーテンの奥に入りました。

　と思ったら、一瞬で出てきました。

　その姿はもう玉虫色ではなく、サビ猫になっていました。

「え……っと、ハチさんですか？」

「あったぼうよ、おいら以外の誰がいるってんだい」

「ステキな毛皮ですね」

「そうだろ、そうだろ。もっと言ってくんな」

　試着をして二本足で店内をぐるぐる歩き回るハチさんの姿は、どこからどう見ても、大人のサビ猫です。暖炉の炎に照らされて、サビ色の毛皮は高級なべっこう細工のように見えないこともありませんでした。

「着心地などはいかがでしょうか、ハチさん」

ご店主がガラガラと音を立てて、キャスター付きの姿見を押してきました。

「文句なし！　これで九枚目を生きてやらぁ！」

「お気に召していただけたのでしたら、安心いたしました」

「ヘヘン、サビは三毛と同じでほとんどがメスときたもんだい。オスのおいらがこの毛皮に着替えて、世の中を騒がせてみせるのよ」

「おもしろそうですね。お土産話を携えて、またいつでもいらしてくださいね」

「おうおう、旦那のことは頼りにしてるぜい」

そう言うと、ハチさんはおろしたてのサビ色の毛皮の下っ腹をまさぐりはじめました。

「でもって、旦那、今回のお代は安納芋の焼き芋でどうだい？」

「寒い季節には、ことのほかうれしいですね」

「ここへ来る途中で、石焼き芋屋からくすねてきたのよ」

泥棒猫。

と、わたしはすかさずツッコミましたが、声には出しませんでした。

ハチさんが下っ腹のたるみから、ホカホカの焼き芋を三本取り出しました。

この下っ腹のたるみには、プライモーディアルポーチという仰々しい名前が付いています。〝原始的な袋〟という意味らしく、ここは〝ポーチ〟〝袋〟というだけあって、カンガルーのようにまさしくポケットになっています。わたしたちの下っ腹のたるみは、ただの脂肪(しぼう)ではないのです。

猫にカンガルーのようなポケットはないですって？

ええ、そうですね。人間たちにはルーズスキン、ただのたるみに見えているのでしょうね。お父さんとお母さんも、『うちの子、もしかして太っているのでは』とよく心配してくれていました。

これはここだけの話なのですが、プライモーディアルポーチは人間からは見えないとっておきのポケットなのです。

もしも、あなたの飼い猫が食卓から焼き魚やソーセージをくすねたとしても、怒らないでやってください。わたしたちは盗み食いをしているわけではないのです。毛皮の仕立て直しをしてくれる洋裁店へのお支払いのために、ごちそうをこっそりポケットに隠しているだけなのですから。

「ハチさん、いつも結構なものをありがとうございます」

ご店主がハチさんから安納芋を受け取っていました。

「いんや、こちらこそ、旦那にはいつも世話になりっぱなしよ」

「また何かございましたら、いつでもいらしてくださいね」

「へへ、今回の毛皮も大事に着させてもらいますぜ」

新調したばかりの毛皮に、ハチさんは大変ご満悦(まんえつ)のようでした。飛んだり、跳ねたり、まるで月面にいるみたいに弾んでいました。

「あの、ハチさん、ひとつおたずねしてもよろしいでしょうか?」

「おう、なんだい」

「毛皮を着替えて、次に向かうホストファミリーは決まっているのですか?」

「おいらはホストファミリーは持たない主義よ。野良一筋よ」

「野良……、外の世界で生きているのですか?」

「命短し、風来坊ってなとこだな」

「命短し……、外の世界は厳しいと聞きました」

「そうさね、生半可な根性じゃ生き抜けないやね。いやさ、実は今回はちっとばかし気になる人間がいんのよ。八枚目の毛皮のときに、おいらにずっとメシをくれてたお好み焼き屋のババアなんだけどさ、女手ひとつでクソガキ育てあげて、今度は野良を育てたいっていうようなお節介焼きよ。あのババァんとこなら初めての座敷猫、てか、看板猫になってみても悪くないかもしんないな」

「ぜひ!」

わたしはつい、大きな声をあげていました。

「人間との暮らしも、ときに窮屈で、ときに気ままで楽しいものですよ!」

お節介なことを言ってしまったと、口に出した後で後悔しました。

猫の数だけ、十匹十色の一生があるはずなのです。

「すみません……。わたし、毛皮の着替えもしたことがないのに、わかったような口をきいてしまいました」

「へへ、いいってことよ。モナカは、いい人間と暮らしてたんだな」

「はい」

「だったら、油を売ってるヒマはないぜ。早いとこ旦那に新しい毛皮を仕立ててもらって、その人間んとこへさっさと帰んな」

「はい……！」

わたし、決めました。

「ほいじゃニャース、モナカ！　旦那！　またここ猫町一丁目で会おうぜい！」

言うことだけ言うと、ハチさんはつむじ風のような速さで猫町洋裁店から飛び出して行きました。本当にせっかちなお方です。

玄関扉が半開きのままで、冷たい北風が吹き込んでいました。

「お客さん、すみませんでした。お騒がせしました」

ご店主が玄関扉をぴっちりと閉め直して、暖炉のそばのソファに戻ってきました。

「いいえ、ハチさんとのお話もまた勉強になりました」

「大ベテランのお客さんです」

「あの、ご店主にも、ひとつおたずねしてもよろしいでしょうか？」

「ひとつと言わず、いくつでもどうぞ」

「ハチさんは大人のサビ猫の姿でしたけれど、こちらで毛皮を着替えたあと、次の一生は大人からはじまるのですか？」

「いえ、あれはお毛皮をイメージしやすいように、数年後のお姿になっているのです。この洋裁店を出たと同時に、だんだんと仔猫の姿に変化していきます」

「では、思いきって毛皮を着替えたとして、ホストファミリーには仔猫の姿で再会できるのですか？」

「できますよ。仔猫（こども）でも、成猫（おとな）でも、お客さん次第でお好きなお姿で再会なさるとよろしいでしょう」

「でも、あの」

　わたしは一番大事なことに触れるのが怖くて、言葉を濁（にご）しました。

「あの、お父さんやお母さんは、思いきって毛皮を着替えたわたしに、その、気づいてくれるのでしょうか？」

「気づきます」

「ああ、よかっ……」

「ですが、気づかない人間もいます」

「……よくないですね」

「ですが、お客さんのお選びになったホストファミリーです。気づこうが、気づかまいが、必ずや、また一からお客さんを愛してくれますよ」

「また一から……」

「もう一度、家族になればよろしいのです」

「もう一度……」

「何度でも、家族になればよろしいのです」

「何度でも……」

ご店主の言葉を反芻（はんすう）するたび、わたしの中で何かが吹っ切れていきました。

そうですね、また仔猫からやり直せばいいだけのことなのですね。何度でも、家族になればいいのですね。

「ご店主、最後にもうひとつだけ教えてください」

「ふたつでも、みっつでもどうぞ」

「わたしたちは九つの魂を持っているのですよね。ハチさんは今回、九枚目の毛皮に着替えると言っていました」

「そうですね」

「九つめの魂の火を灯したということですか？」

「そういうことになりますね」

「では、その毛皮を着古してしまったときは、どうなるのでしょう？」

新しい毛皮を仕立てたくても、もう次の魂はありません。

「わたしたち猫が九生したあとは、どうなるのでしょう？」

「化け猫になります」

「えっ」

「九つの魂を使い切りましたら、しっぽが二本に裂けて、二本足で立って、わたくしのように人に化けることができるようになります」

「ええっ」

「フフフ」

ご店主が金色の目で、妖しく笑いました。

思えば、ここ猫町一丁目の洋裁店は妖しいことばかりです。ご店主と洋裁店について、わたしはまだまだ知らないことがいっぱいありそうです。

「なんだか、猫だましを食らった気分です」

「猫だけに、フフフ」

ご店主の笑みが、ますます深くなりました。

わたしはレッドマッカレルタビーの毛皮をペロペロと舐めて、いっそもう開き直ることにしました。

だって、今のわたしには、もっと考えなくてはならないことがあるのですから。

わたしのひとつめの魂の火は、もうまもなく消えようとしているのですから。

「さて、では、お客さん」

「はい、ご店主」

「新しいお毛皮のお色は何色になさいましょうか？」

わたしは今のレッドマッカレルタビーの毛皮を脱いで、新しい毛皮を仕立てます。

お父さん、お母さん、待っていてくださいね。

毛皮を着替えたら、すぐに帰ります。

猫又の小料理屋さん

水島 忍

1

雨が降り出していた。

真崎凛子は駅舎から外に出ようとして、それに気がついた。電車に乗っているうちに降り出したらしい。

雨は煩わしい。

まして、こんなふうに仕事で疲れ切った夜には。

凛子は顔をしかめて、少し下がってきた眼鏡のツルを指でつまんで上げた。そして、顔にかかったセミロングのまっすぐな髪をさっと耳にかけて、肩から提げていた黒いトートバッグの中を探る。

だが、いつもなら入っているはずの折り畳み傘がない。

嘘……。

凛子は心配性で、もしもの場合を想定して、いろんなものを持ち歩いてしまうタイプだった。ハンカチは大判サイズと普通サイズの二枚、ポケットティッシュ二つにウェットティッシュに除菌シート、目薬も疲れ目用と抗菌用、常備薬もできるだけたくさん、眼鏡ケースに眼鏡拭き、マスク三枚、キャンディー、ガム、ペットボトル、お守り、スマホとタブレット、充電器、ストッキングの替え、買い物用の折り畳みバッグなどだ。もちろんペンケースや化粧ポーチや財布の中にもいろんなものが詰め込まれていて、ふくらんでいる。とにかく、準備万端にしておくのが好きな性格だから、折り畳み傘は必需品だった。

なのに、入ってない！

そういえば、昨夜たまたまバッグの中を整理したときに、一度全部出したのだ。そのとき、何故だか傘だけ入れ忘れたに違いない。

もう……なんて間抜けなの！

用もないのにいつも折り畳み傘を持ち歩いていた凛子としては、どうして今日という日だけ忘れてきたのか、自分を責めずにはいられなかった。

だが、ないものは仕方ない。

凛子はボリュームのあるトートバッグを抱えるようにして走り出した。

本当は頭の上に掲げて傘代わりにしたいところだが、いろんなものが入っているバッグはふくらみすぎていて重く、掲げて走るのには不向きだった。

更に不運なことに、買ったばかりのライトグレーのジャケットを身に着けている。中の白いブラウスとワインカラーの膝丈スカートは着慣れたものだったが、お気に入りなのでなるべく雨で濡らしたくない。小走りに店が建ち並ぶ通りを進んでいく。

凛子は一人暮らしをしている。大学入学を機に友人と暮らし始めたが、そのうちに友人がカレと同棲するために出ていくことになり、ルームシェアは解消となった。二十四歳の今では一人で暮らすのは当たり前で、淋しいとすら感じなくなっていた。望んでいた大企業へこそ就職できなかったものの、それでも小さな会社で一般事務の仕事を得て、ごく普通に暮らしている。

可もなく不可もなく。

けれども、つつがなく暮らしていけているのだから、特に不満はない。お笑いの動画を見るのが趣味で、他人から見るとつまらない人生なのかもしれないが、凜子はこれで満足していた。

もちろん、わたしにだってカレが欲しいという気持ちはあるけれど。

どこで出会えるのか、凜子には謎だった。

他に不満があるとするなら、それは人間関係で……。

気の合う友人は数人しかいない。学生時代の友人だった。問題は会社のほうだ。

会社は事務機器の販売をしている。営業がほとんどで、事務員は自分を含めて二人しかいない。そのもう一人で同期の野本杏奈が苦手だった。

凜子が入社したときには、かなり年長の女性もいたのだが、彼女は凜子と杏奈に仕事を教えるとすぐにやめてしまった。

そもそも、凜子は子供の頃から人付き合いがあまり得意ではなかった。時間をかけて慣れた相手とは普通に喋れるが、そうでない人とは緊張してしまう。電話でのやり取りだって本当は好きではない。

もっとも、仕事では好き嫌いを言っている場合ではないから、ちゃんと業務をこなしている。凛子が好きなのは、黙々とデスクワークをすることだった。データ入力や資料作成、ファイリングなどの地味仕事は大好きだ。だが、残念ながら、そういう仕事ばかりではない。電話の応対や来客の応対、それから備品の管理や清掃まで仕事は多岐に渡る。

杏奈は凛子と正反対だった。まず外見から違う。向こうは化粧も上手で、全身どころか爪の先までおしゃれだ。また、それが似合う容姿でもある。その上、話し好きで、上司ともふざけ合っていることがあった。

電話を受けるのは好きなようだが、地味なデスクワークは好きではないらしい。やたらと時間がかかるせいで、いつも凛子が余計に仕事をこなさなくてはならなかった。

そして、今日……。

彼女は残った仕事を凛子に押しつけて、先に帰ってしまった。

『ごめんなさーい。今日はどうしても外せない用事があってー。真崎さん、入力するのは速いでしょ？　代わりにやってくれるぅ？』

速いからなんだというのだろう。仕事を人に押しつける言い訳にはなりはしない。

そう言いたかったが、言えなかった。何しろ、凛子は彼女とは必要以上に話したことがない。慣れない人に、仕事を押しつけられるのが嫌だとは言えなかったのだ。

だいたい、凜子には外せない用事などというものは存在しなかった。

帰ってから、ご飯を食べつつお笑い動画を見るのが楽しみなだけ。

アフターファイブにも、予定がたくさんありそうな杏奈とは違う。その引け目もあるのかもしれない。

でも、わたしはわたしなんだから。

いくらお笑い動画を見るくらいしか趣味がなかったとしても、彼女の仕事を押しつけられる理由はない。

けれども、それが主張できない……。

しかも、これが初めてではなく、今まで何度もあるのだ。同僚が嫌だとか、仕事を押しつけられたのが嫌だとかより、凜子は相手に何も言えない自分が歯がゆくて、少し落ち込んでいた。

わたしだって、本当はもっと自立した大人らしく自分の意見を言えるようになりたい。

他のことは満足しているから、それだけが願いだった。

雨足が強くなってきた。眼鏡が濡れるのが嫌だが、眼鏡なしでは怖い。

そのとき凜子の耳に、猫の鳴き声が聞こえてきた。

子猫……？

そんな感じのか細い可愛らしい鳴き声に、凛子は思わず足を止めた。

猫は大好きだ。実家には三匹もいる。アパート暮らしで飼えないが、一度こっそり子猫を保護したことがある。

飼い主を見つけたから今はいないものの、猫――とりわけ子猫は大好物だ。

こんな雨の中、小さな子猫が濡れそぼって震えているところを想像したら、とにかく助けてあげなくてはいけないと思った。

声は狭い裏路地から聞こえてくる。凛子は何かに惹かれるかのように、そちらへ向かった。その通りの両側には、小さな飲食店が並んでいる。

こんなところにも店があったんだ……。

今まで知らなかった。というより、興味がなかったからだろう。凛子は外食ではなく、自炊かコンビニ弁当派だった。そもそも、一人で飲食店なんかに入ったことはない。

早く家に帰らないとずぶ濡れになってしまう。判っているのだが、子猫がブルブル震えているのを想像すると、やはり探しにいかずにはいられなかった。

「猫ちゃん……どこ？」

小さな声で呟いた。

それに応えるように、ミャーと可愛い声が聞こえた。

凛子は鳴き声を辿って、猫を見つけた。『小料理ゆめや』と書かれた看板が出ている店の出入り口の真ん前に、その猫は座っていた。

えっ……。

可愛……くない！

ずいぶん大きく、はっきり言うとデブ猫だった。顔つきもふてぶてしく、迫力がある。普通の日本猫のようで、毛色は白がベースで、茶色と黒が少しだけ混じっている。あまり綺麗とは言えない。

そう。はっきり言うと……汚い毛色だった。

「本当にあなたが鳴いたの？」

思わず猫自身に尋ねてしまった。すると、猫は返事をするように可愛らしい声で一回鳴いた。

いや、この子だって猫だし。

雨に降られた可哀想な子かもしれないじゃないの。

少しくらい可愛くなくても、猫差別はよくない。だが、行き場のない哀れな野良猫にはとても見えない。どう見ても、たっぷりご飯をもらっている飼い猫だろう。

この『ゆめや』の猫なのだろうか。

いくら不細工な猫でも、雨の日に外に出されているのは可哀想だ。ここの猫なのかどうか、店の人に訊いてみよう。

店は格子のついた引き戸で、のれんがかかっている。普段の凛子なら決して一人で足を踏み入れることはなかっただろう。今だって、猫のことがなければ入りたくない。

だって、小料理屋なんて……敷居が高いでしょ。

いや、それほど高くはないのかもしれないが、入ったことがないから判らない。

恐る恐る引き戸を開くと、少し狭いが、カウンター席とテーブル席があり、客が入っている。それなのに、何故か普通の店とは言えない雰囲気が漂っていた。

まるで夢の中にいるようなふわふわした感じがする。

非現実的な空間。

けれども、そう感じる理由が判らない。ただ、そう思ってしまったのだ。

それまで表に座っていた猫が、凛子の足元をすり抜けてふらりと中へと入っていく。

「えっ、ちょっと待って」

猫に話しかけたが、当然、凛子の言葉など聞く様子はなく、勝手にカウンターの椅子へひらりと上って丸くなる。

「いらっしゃいませ」

カウンターの中にいた青年が声をかけてきた。

この店の主人だろうか。真っ白いTシャツに黒いエプロンをつけている。夏でもないのに半袖だが、元気いっぱいという印象ではなく、物静かで穏やかに見えた。

最初は二十代に見えたが、よく見ると三十代かもしれない。童顔で、若そうに見えるのだ。彼は凛子ににっこり笑いかけてきた。

「お一人ですか？　どうぞこちらにお座りください」

テーブル席が塞がっているため、彼は凛子に誰も座っていないカウンターの席を勧めてくる。猫の隣だ。

「あ、あのっ、私、違うんです。猫が……」

　彼は椅子に座る猫を見て、ふっと笑う。

「ああ、周五郎さんはうちの猫です。たぶん」

「……たぶん？」

「いえ、うちの猫です。気にしないでください。さあ、どうぞ」

　せっかく勧めてくれているのに、いいですとは言えず、凛子はその席に腰掛けた。

　カウンター席に座るなんて初めて！

　しかも、猫の隣なんて尚更だ。猫はちらりと凛子を見ると、大あくびをして寝る態勢に入った。心配して損をした。

　凛子はバッグから大判のハンカチを取り出して、水滴がついた眼鏡を拭いた。ついでに、髪や顔もさっと拭いておく。

　席は埋まっているものの、騒がしくはない。客層は会社帰りで一杯飲みにきたという感じの中年の男性が多いが、女性同士で食事をしている人もいて、なんとなくほっとする。

凛子は座ったものの、何を頼めばいいのだろうと思った。メニューを見ても、すぐにはピンと来なかった。

「え……と、まずはビール」

別にビールなんて飲みたくなかったけれど、こういうところは何かアルコールを頼まなくてはならないような気がして、注文してみた。ビールなら無難なところだろう。

「本当にビールが飲みたいですか？」

青年にそう訊かれて、凛子は目をしばたたかせて彼のほうを見た。彼はただ微笑んでいて、冗談を言っているふうでもなかった。

今まで飲食店で注文して、本当に食べたいかとか飲みたいかとか訊き返されたことは一度もない。だいたい、そんな店があるのだろうか。

もしかしたら、わたしの聞き違いかもしれないわ。

「あの……わたしは……」

「よかったら日本酒に挑戦してみませんか？」

「え……」

日本酒を飲んだことがないわけではなかった。けれども、あまり馴染みのある飲み物とは言えない。

「わたし、日本酒なんてよく判らないし……」

「女性に人気のお酒があるんです。フルーティーで白ワインみたいな味のものとか、スパークリングとか」

　彼はボトルを見せて、嬉しそうに説明を始めた。

「こちらはすっきりとした飲み口です。こちらは甘くて飲みやすい。梅酒なんかもありますよ」

　どうやら彼は日本酒が好きらしい。せっかく勧めてくれているし、普通でない体験をしたついでに、もう少しだけ冒険をしてみたくなった。

　飲み過ぎなければ、たまにお酒を飲むのも悪くないんじゃない？

　凛子は思い切って注文をしてみた。

「じゃあ……その、スパークリングを」

「はい、こちらですね」

　彼は微笑みながらボトルを開けてグラスに注いだ。そして、それをカウンターの上に置く。

「どうぞ」

　凛子はシャンパン用の細長い脚付きのグラスに入れられた日本酒を見つめた。スパークリングなのだから当たり前だが、炭酸で泡がしゅわしゅわしていて、これが日本酒とは思えない。

日本酒に詳しい人ならこの程度で馬鹿馬鹿しいと思うかもしれないが、凛子は初めての体験に感動に近い気持ちを味わっていた。

口をつけてみると、とても飲みやすかった。

「おいしい……」

「よかった」

青年は嬉しそうに少し笑った。

「お料理はなんにします？」

「えーと……」

「定食もありますよ」

よく見ると、確かに定食のメニューもある。何を頼んでいいか判らなかったが、これなら夕食としてちょうどいい。

「じゃあ、肉じゃが定食をお願いします」

「はい、肉じゃが定食ですね」

彼はまた微笑む。凛子は思わず見蕩（みと）れてしまった。

なんか感じのいい人……。

いや、彼はこの店の人なのだから、客に愛想よくしているだけだ。変なふうに誤解するのはよくない。慌てて自分を戒め、うつむいた。またグラスに口をつけ、改めて日本酒を味わってみる。

肉じゃが定食は、メインの肉じゃがの他に、ご飯、味噌汁、お漬物にサラダがついている。肉じゃがはじゃがいもや豚バラ肉にしっかり味がついていて、日本酒によく合う。ほんのりと胡麻油の香りがしているのが食欲をそそった。

こういう夕食もたまにはいいかな。

自炊はするが、いつも簡単なものしか作らない。レトルトのカレーとサラダだけとか。それを自炊だと言ってもいいのかどうか判らないが。少なくとも、サラダは作っているから、自分の中では自炊だった。

値段もそれほど高くはないし、週に一度くらい通ってみてもいいかもしれない。それに、この青年は話しやすい人だ。初対面なのに緊張せずに話せる相手なんていないから、貴重な人間である。

そんなことを考えていたとき、カウンター内の奥にある勝手口から、青年とお揃いのエプロンを身に着けた若い小柄な女性が出てきた。凛子と同じくらいか少し年上だろうか。ポニーテールがよく似合う可愛らしい顔をしている。彼女はカウンターの中から凛子を見てニコッと笑うと、元気よくはきはきとした声で話しかけてきた。

「いらっしゃいませ。初めて来られた方ですよね！」

「はい……」

　ずいぶん人懐こい人だ。テンションがあまりに高いので、凛子はたじろぎながら返事をした。

「うちの店、ちょっと変わっているけど、ゆっくりしていってください！」

　引き戸を開けた瞬間は、確かに変わっていると思った。けれども、ここに座っている今、早くもこの店に馴染んできている気がする。

　いつもの自分だったら、初めて入った店のカウンター席で落ち着けないはずなのだが。

　不意に、テーブル席にいた男性から声がかかる。

「モミジちゃん、今日はお休みなのかと思っていたよ」

　女性はにっこり笑った。

「残業だったんですよー。せっかくだから、お代わりいかがですか？」

「商売上手だね。じゃあ、ビールもう一本」

「毎度ありがとうございます！」

　彼女がふざけて敬礼すると、笑いが沸き起こる。

　残業ということは、彼女は昼間、会社勤めしているのだろうか。ここで更にバイトをしているのか。それとも……。

　凛子はちらりと青年を見る。

彼の奥さんなのかしらね。

そう思ったのが伝わったかのように、彼はこちらを見た。

「騒がしい妹ですみません。いつも手伝いに来てもらっているんですよ」

「妹さんなんですか！　モミジさんって名前、可愛いですね」

「紅葉って書いて、モミジと読みます。ちなみに、僕はカエデなんですよ。木へんに風と書いてカエデ」

楓に紅葉。つい面白い名前だと思ってしまった。きっとどちらも秋生まれに違いない。

「楓さんは……えーと、この店のご主人なんですか？」

さっきから気になっていたことを尋ねた。主人にしては若い気もしたが、妹が手伝いに来ているとなれば、その可能性は高い。

「そうです。僕が主人で、妹が手伝い。家族経営の店ってところですね」

「いい雰囲気のお店だと思います」

彼は静かに笑った。

「ありがとうございます。そう言っていただけると嬉しいです」

ふと、凛子は隣の猫が起き上がったのに気づいた。猫は椅子から飛び降りると、尻尾を立てて、悠々と店の通路を歩いていく。

「……いいんですか？　猫がお店の中にいても」

「え？」

「あ、別に非難しているんじゃないんです。わたしは猫が大好きですし、実家に三匹の猫がいますし。でも、飲食店だとお客さんから文句を言われちゃうんじゃないかって……」

「ああ……そう思いますよね」

楓は何故かクスッと笑った。

「でも、大丈夫です。周五郎さんは大概の人の目には触れないんですよ」

ん？　どういうこと？

確かに、他の客は猫なんか視界に入っていない様子だ。だが、あんなに大きな図体をしているのに、見えないなんてことがあるのだろうか。

凛子は首をひねった。

それにしても、猫にさん付けしているのはどういう意味があるのだろう。

「どうして周五郎って名前をつけたんですか？」

「本人が……いや、周五郎って感じがするじゃないですか。周五郎さんって」

どこから来た名前か判らないが、言われてみれば、そんな雰囲気がなきにしもあらず。客が気にしないのなら、別に猫がいてもいいのかもしれない。保健所とかがどう判断するかは判らないが。

いずれにしても、猫好きの凛子としては特に文句はなかった。

可愛(かわい)げのないデブ猫であっても、雨の中、外に出すのは反対だった。

「お代わりどうですか？」

彼にさり気なく訊かれて、凛子は別の日本酒を試してみたくなってしまった。

普段なら、御飯と一緒にお酒なんて飲まない。けれども、そもそも今日はいつもと違う。折り畳(たた)み傘を忘れたところからずっとだ。裏路地に入って、この店の引き戸を開けて、カウンター席に座って、初対面の人と話をしている。

だから……今日は特別！

勢いで、凛子はお代わりの酒を頼んでいた。

2

ほんの少し酔っている状態で帰ることになった。

精算するときに、レジの隣に店の名刺が置いてあるのに気づく。可愛いデザインで、隅っこに猫の顔のイラストが小さく描かれている。イラストの猫はとても可愛かったから、周五郎ではないようだが。

凛子はそれを一枚もらって店を出た。

外はもう雨が止んでいる。凛子は大きく息を吸って、足を踏み出した。

『また、いらしてくださいね』

さっきの楓の声がまだ頭の中にこだましている。

なんだか楽しくなってきてしまう。アルコールのせいかもしれないが、いつもと違って、陽気な気分になっていた。

店から十分ほど歩いたところで、凛子が住んでいるアパートが見えてきた。

明るい気持ちで歩いていたせいか、いつもより早く着いた気がする。外階段を上がり、二階の一番奥の扉が凛子の部屋だった。

扉を開けて、手探りで玄関の明かりをつける。

そのとき、足元を何かがするりとすり抜けていった。

思わず悲鳴を上げそうになったが、デブ猫の姿が目に入り、ほっとする。

「わたしについてきたの？　周五郎さん……だっけ？」

猫に話しかけても判るはずがない。

凛子は猫好きだが、人の猫を連れ帰ってくるつもりはなかった。いや、勝手についてきたのだが。

だいたい、このアパートはペット禁止だし。

今から十分かけて、この猫を店まで連れ帰ることを考えると、げんなりした。

そうだ。電話をかけてみよう。

もらった名刺を見て、少しドキドキしながら電話をかけてみる。元々、電話をかけるのは苦手なのだ。だが、このドキドキは少し違う種類のような気がした。

『はい、ゆめやです』

耳に入ってきた声は、楓のものだった。

「あ、あの……さっきまでカウンターにいた客なんですけど」

『ああ、どうしました？　忘れ物でも？』

「忘れ物じゃなくて、ついてきてしまったんです。猫が……」

『周五郎さんが？　じゃあ、あなたが気に入ったんですね。そうじゃないかと思ってました』

「は？」

向こうで咳払いをする声が聞こえてきた。

『申し訳ありませんが、今夜だけ預かっていただけませんか？』

「いいですけど……」

『ありがとうございます！　……それではまた』

客から話しかけられたのか、電話は唐突に切られてしまった。

そうよね。彼も忙しいのよね。

けれども、なんだか押しつけられた気がして、胸の中がモヤモヤしてくる。結局、仕事のときと同じで、相手に何も言えなかったからだ。

とはいえ、仕事と猫では違う。可愛くない、どちらかというとふてぶてしいデブ猫であっても、猫は猫だ。

周五郎は勝手に凛子の部屋を点検するみたいに、あちこちを見て回っている。といっても、１Ｋだから、それほど見て回るスペースもない。

凛子はそんな周五郎に話しかけてみた。

「どうしてついてきちゃったの？　うちにはなんにもないわよ」

すると、周五郎は凛子の気持ちを見透かすようにじっと見つめてきた。

「判ったわよ。うちには前にいた子猫のものが全部残っているわよ」

凛子は次に子猫を保護したときのために、猫のトイレや猫砂、猫の餌入れに水入れをまだ持っていた。しかも、猫缶まで常備している。一式揃っていて、いつでもウェルカム状態なのだが、周五郎がそれを察知していたとは思えない。

ともあれ、クローゼットの隅から猫セットを取り出した。

まず、ふかふかの猫ベッドを置いてやると、周五郎は当然だという顔をして、そこに寝そべった。

「ちょっと……図々しくない？」

凛子が水入れに水を入れようと洗面所に向かったとき、後ろから声が聞こえてきた。

『いや、別に』

えっ……。

今、何か声が聞こえてきた気が……。

凜子は振り返って、周五郎を見た。周五郎はこっちを見ている。口元が歪んでいて、笑っているようにも見えた。

気のせい……よね。

きっと飲み過ぎたのかもしれない。

そう思ったとき、猫が口を開いた。

『酒のせいにすんじゃねーよ、ネエちゃん』

猫の口から、柄の悪い言葉が飛び出してきた。しかも、おっさんみたいな声で。

それでも、凜子は信じられず、固まったまま周五郎をじっと見つめていた。

わたし、疲れているのかしらね。

それとも、これは夢……？

「猫が喋るわけないじゃん」

『ところが、この猫は喋るんだよ』

また声が聞こえてきた。

よほど聞こえないふりをしようかと思った。だが、聞こえるものは仕方ない。凜子は恐る恐る周五郎に近づいた。

「えーと……周五郎さん？」

『そうだ。ネエちゃん、名前はなんだ？』

「凛子だけど」

『リンゴちゃんか。可愛いじゃねえか』

リンゴじゃなくてリンコだし。

それに猫に可愛いと褒められても、あまり嬉しくないかも。

しかも、こんなおっさんみたいな猫に。

だが、凛子は少し落ち着いてきた。どうやら本当にこの猫は喋るらしい。そんな馬鹿なことをすんなり受け止めるのもどうかと思ったが、今夜はおかしな夜だし、何があっても不思議はない。

そう。あの『ゆめや』に入ったときから、自分も夢の中にいるみたいだった。

自分でも不思議だが、今の凛子はなんでも受け入れられる気がしていた。

いいじゃない。猫が喋ったって。

いっそ、これは夢だと割り切ってもいい。

「とにかくお水とかいろいろ用意してあげるから待っていてね」

とりあえず周五郎が快適に過ごせるようにしてあげたい。一応、預かり猫だから。

水を用意すると、周五郎はよっこらしょという感じの緩慢な動作で猫ベッドから下り、水を飲み始める。そして、顔を上げるなり、舌なめずりをした。

『なんかおいしそうなものがあるじゃねえか。それをくれよ』

凛子が猫缶を持っているのを見て、早速おねだりをする。おねだりしても、ちっとも可愛くない猫が存在することに軽くショックを受けながら、凛子は容器に猫缶の中身を開けた。

『旨そうなやつだな。ありがとよ』

一応、感謝しつつ、急いで猫缶の中身に食らいつく。

本当に可愛らしさはみじんもない。普通はどんなブサ猫にでも、どこか愛らしいところはあるものだが。

凛子はそう思いながらも、猫トイレの用意をした。

周五郎はご飯を平らげた後、また水を飲んだ。猫ベッドに戻ると、グデンと巨体を横たえる。

なんかとっても人間っぽいんだけど。

本当に猫なのだろうかと考えてしまった。もしかしたら、猫の姿をした宇宙人とかではないのだろうか。

周五郎はこちらを見て、ニヤリと笑った。……みたいに見えた。

『リンゴちゃん、悩みあるだろ？　さあ、言ってみ』

「えっ、な、悩み？」

あるけれど、どうして猫に告白しなくてはならないのだろう。

「別にないけど」

周五郎はフンと馬鹿にしたように笑った。

『オレを誰だと思ってるんだよ』

「誰って……周五郎さんでしょ。楓さんの飼い猫」

『オレがあいつんとこにいるのは事実だけど、飼われてるんじゃない。オレは……人間の悩みを解決してやる猫の妖精なんだよ』

凜子はつい疑わしげに周五郎を見てしまった。妖精のイメージとは程遠い。

どちらかというと、猫の化け物……。

『その目はなんなんだ？　オレは妖精だから、リンゴの考えることはなーんでも判るんだぞ』

本当に判っているのだろうか。だいたい判っていたら、凜子の名前は間違えないだろう。

『リンゴ、ちょっとこっちに来い』

なんで猫に呼びつけられているのか判らないが、とりあえず近くへ行く。周五郎は身体（からだ）を猫ベッドに横たえたまま、もぞもぞと動いて位置を変える。

『さあ、撫(な)でていいぞ』

「え……」

撫でたいなんて言ってないんですけど。

だいたい、喋る猫なんてあり得ない。

そう思いながらも、凜子はそっと撫でてみる。思いのほか、気持ちがいい。毛並みはちっともよさそうに見えないのに不思議だ。

それに、濡れた地面を歩いてきたはずなのに、不思議と足や肉球は綺麗(きれい)だ。見回してみても、床は汚れていない。

まるで違う空間から出てきたみたいに……。

いやいや、そんな非現実的なことを考えてはいけない。

しかし、猫が喋るのは十分、非現実的なことではないだろうか。

真面目(まじめ)な凜子は考え込んでしまった。

『よし、リンゴ、次は抱っこしていいぞ』

「あのね……わたしは別に……」

『人間は猫を抱っこするのが好きだろ？　特別にリンゴにだけさせてやる』

凜子は猫が大好きで、できれば抱っこしたいほうだし、できればずっと撫でていたいと思っている。しかし、それは普通の猫に対する感情だった。

ブサ猫でもデブ猫でも、猫は猫だ。しかし、周五郎は本当に猫なのかという疑惑がある。

凛子は葛藤しながら、周五郎を膝の上にのせてみた。思ったとおりとても重い。

周五郎は『さあ撫でろ』と言わんばかりに身体をくねらせている。仕方なく撫でてやると、気持ちよさそうに目を閉じた。

ちょっと待ってよ。

なんで、わたし、こんなことをしなくちゃいけないの？

自分がそうしたいわけじゃないのに！

やらされていると思うと、急に腹が立ってきた。

凛子は黙って周五郎をベッドに戻した。周五郎は半目を開けて、凛子のほうをじろりと見た。

『あー？　なんで言うことを聞かないんだ？』

「わたしは猫の奴隷じゃないんだから！　なんで喋る猫なんかがいるのか判らないけど、猫は猫でしょ。わたしは周五郎さんを癒やすために存在してるんじゃないの！」

するると、周五郎は急に起き上がって、まっすぐ座った。

『よし、ちゃんと言えたじゃねえか』

「え……？」

『リンゴの悩みは、言いたいことを人に言えないことだ』

ズバリ指摘されて、凛子は驚いた。本当に周五郎は凛子の悩みを的確に見抜いたからだ。

やっぱり、これは夢かもしれない……。

そうだ。夢だ。夢の中だから、猫が喋ったり、悩みを指摘したりするのだ。それならこの際、猫のアドバイスでも聞いておこうという気になった。

「わたしの悩み、解決してくれるの？」

周五郎はもったいぶった態度でゆっくりと頷いた。

『何も言わないから、黙ってなんでも言うことを聞いてくれると人に思われる。まあ、リンゴは優しくて気立てのいい子だよ。でも、それが仇になることもあるってわけだ』

周五郎の言葉は、猫だと思わなければ素直に頷ける。

『リンゴはオレにはちゃんと言いたいことが言えた。その理由はなんだと思う？』

「え……猫だから」

『そう。相手を下に見ていたから、強気で言えたってことさ。リンゴは周りの人間を自分より上に見てんだろう？』

ドキッとする。

確かにそんなところがある。それは自信のなさから来ているものだ。子供の頃から今まで、なんとなくだが、自分が他人に比べて劣っているように感じていた。

実際には、不器用ながらも人並みに勉強はできたし、人付き合いも狭い範囲ながらもなんとかこなしてきた。けれども、心の中にいつもコンプレックスが存在していた。

だから、わたし以外の人は、みんなわたしより何もかも上手くできるに違いないと……。

そう思ってきたのだ。

それ故、凛子は杏奈を自分より上の存在として見ていたし、彼女の外見や要領のよさを羨ましく思いつつ、反感を覚えていた。

周五郎には自分の意志をはっきり伝えられた。けれども、杏奈には言えなかった。

仕事を引き受けたくなかったのに。

『あとさー。リンゴが相手のこと嫌いだって思うと、向こうも同じように思うけど、逆に好きだって思ったら、向こうも好きになるんだよ。あ、男女の仲とは別の話でね』

「それって……相手がよそよそしいのは、わたしがよそよそしくしてるせいってこと？」

『リンゴはいつも自分から壁作ってんじゃねえのか？』

今度はギクッとする。

図星だったからだ。杏奈と初めて顔を合わせたとき、相容れないと勝手に思ったのだ。

「壁は……作ったかも……」

『そうだろ。そうだろ』

ウンウンと頷く周五郎はまたゴロリと寝そべった。

『まあ、リンゴはいい子だからな。いい子はいつか報われるよ』

「本当にそう思う?」

『百年先かもしれないけどな!』

周五郎はニャハニャハ笑うと、そのまま目を閉じてしまった。

「……周五郎さん?」

どうやら寝てしまったらしい。すると、部屋の中はしんとしてしまって、今まで猫と喋っていたことなんて嘘みたいに思えてくる。

いや、これは全部夢なのよ。

夢じゃなきゃ、こんなことは起こらない。凛子はそう思いながらも、なんだか不思議な感覚に囚われていた。

3

翌日、目が覚めると、凛子はまず眼鏡をかけて、猫のベッドを確認した。

周五郎のあのでっぷりとした姿はどこにもない。

「……周五郎さん?」

何度か名前を呼んで、部屋のあちこちを探してみたけれど、影も形もなかった。あの巨体がどこかの隙間に隠れているはずがないが、思いつく限りのところを探してみた。

やっぱり昨夜のことは夢だったんだ……。

そうよねー。猫が喋るわけがないもんねー。

けれども、それならどうして猫のトイレや猫ベッドがクローゼットから出ているのか。空の猫缶もあるから、猫がいたこと自体は夢ではなかったということだ。

でも、周五郎さんは……どこ？

まるで狐につままれたようだった。

ともかく、会社へ行く支度をしなくてはいけない。何がどうなっているのか、さっぱり判らないが、こんなことで遅刻するわけにはいかない。

凛子は急いで顔を洗い、着替えた。昨日と同じような格好だが、別にこれでいいと思っている。どうせ着飾ったところで代わり映えなんかしないのだから。

そう思ったとき、周五郎の声が頭の中で蘇ってきた。

『リンゴは周りの人間を自分より上に見てんだろう？』

心の奥がズキンと痛むが、凛子はそれを無視した。

あんなのはただの夢……。

現実なんかじゃないんだから！

部屋を出て、駅へと足早に進んでいく。ふと気になって、例の裏通りに入ってみた。『ゆめや』の前を見て、凛子はほっとする。そこに周五郎がちょこんと座っていたからだ。

よかった！

もう、どこから夢でどこまでが現実なのか、さっぱり判らなくなった。なんにしても周五郎は消えていなくなったわけではなく、ちゃんと店に戻っていた。凛子の部屋からどうやって脱け出すことができたのか不思議だったが。

だって、扉も窓も、鍵はかかっていたのに。

「心配したんだから。急に消えちゃってどうしたの？」

周五郎に話しかけてみたが、もう人間の言葉で答えたりしない。

何故だか物足りない気分になるが、凛子はそれを振り払った。猫が喋らないのは当たり前の話だ。

店は閉まっている。周五郎を放っておいていいのだろうかと迷ったが、家に連れ帰る時間はない。

「ごめんね、周五郎さん。もう会社に行かなくちゃ」

自分が預かっていたのに申し訳なく思いながらも、凛子は会社に行くことを優先してしまった。

おかげで、仕事中もずっと周五郎のことが頭から離れなかった。

凛子は会社帰りにまた『ゆめや』へ寄った。

今夜は残業ではなかったし、雨に降られていたわけでもなく、子猫らしき声もしなかったが、周五郎のことが気になっていたからだ。

扉を開くと、昨夜より時間が早いせいか、客はまだ誰もいなかった。

「いらっしゃいませ。また来てくれたんですね」

楓に微笑みかけられ、凛子はなんとなく照れてしまって目が合わせられなかった。営業スマイルだと判っているのに、こんなに照れる自分を逆に恥ずかしいと思ってしまう。

「あの……周五郎さんは戻ってます？　昨夜、お預かりしたのに、いつの間にかいなくなっていて……」

そのとき、ミャーと可愛らしい声がしたかと思うと、周五郎が凛子の足元に擦り寄ってきた。

「よかった。今朝、店の前にいたのは確認したんですけど。わたし……あの……無責任ですみません」

「心配しなくていいですよ。周五郎さんは放っておいても大丈夫なんです」

「そ……そうなんですか？」

つまり自由に家と外を行き来する、いわゆる『外飼いの猫』なのだろうか。今時はめずらしいと思うのだが。

「よかったら空いているお席へどうぞ」

そう言われたのだが、凛子はまた昨夜と同じ場所へ座った。不思議と、ここはカウンター席のほうが落ち着く。一人でぽつんとテーブル席に座るより、楓の近くで相手をしてもらうほうがいい。

もちろん楓が仕事だから話しかけてくれるということはよく理解しているつもりだ。こういう場面で親しそうに話していても、やはり店の主人と客では立場が違う。それを越えて、馴れ馴れしくしてはいけないと思うのだ。

凛子の隣の席に周五郎が飛び乗り、大きな欠伸をした。不意に、楓が周五郎に話しかける。

「周五郎さん、夜遊びが過ぎたんじゃないですか？」

すると、周五郎は不機嫌そうな顔で溜息のようなものをつく。

『うるせー』

周五郎の一言に、凛子はギョッとしたものの、やはり昨夜のあれは夢ではなかったのだとやっと判った。

何しろ楓がごく普通に周五郎と会話をしているからだ。

「初対面の女の子の家に上がり込んで。猫だからいいようなものを」

『実際、オレは猫だからな。たくさんお世話してもらったぜ。なあ、リンゴちゃん』

それを聞いた楓が凛子に目を向けてきた。

「リンゴちゃん？」

「り、凛子です。勇気凛々の凛に子供の子」

「凛子さんですか。可愛らしい名前ですね」

楓に褒められて、凛子は嬉しかった。いや、褒められたのは本人ではなく、名前なのだが。

『オレが褒めたときには微妙な顔をしていたくせに』

周五郎に突っ込まれて、思わず言い返していた。

「リンゴって言ったからよ。わたしの名前は凛子」

『似たようなもんじゃねーか。どっちかってーと、リンゴのほうがおいしい分、いいに決まってる』

変な言い分だが、猫なら許されるのかもしれない。

そんなおかしなことを考えてしまうのは、この不思議な会話のせいだ。だが、問題はどうして周五郎が言葉を話すのかということだ。

今の自分はアルコールを飲んでないのだから、夢うつつという状態では絶対にない。

つまり、これは現実というわけで……。

そのとき、楓が凛子を懐柔しようとするような笑みを見せた。

「ごめんなさい。驚いたでしょう。周五郎さんが急にお宅に現れて」

「はい。でも、それより驚いたのは……」

「周五郎さんが言葉を喋り出したこと？　すみません。ひょっとしたら、お説教みたいなことされませんでした？」

「どうして知ってるんですか？」

　思わず問い返してしまい、楓はにっこり笑った。

「じゃあ、凛子さんは周五郎さんに相当気に入られたんですね。周五郎さんはよほど気に入った相手にしか、自分の本性を見せたりしないいし、家まで押しかけて説教なんかしないんですよ」

「そ、そうですか……」

　気に入った相手には家まで押しかけて、説教をする猫。

　よく判らない……。

「そもそも、周五郎さんはだいたいの人には見えないんです。それが見えたってことは、凛子さんが特別な存在だってことなんです」

『特別な存在』って言葉自体には魔力がある。一瞬、凛子は妙に誇らしい気分になったもののの、よく考えると、周五郎が見えない人など本当にいるのだろうか。この大きな猫は目立って仕方ないのに。

ひょっとして、何かのトリックに騙されているのではないだろうか。

思わずじっと周五郎を見つめる。見かけはただのふてぶてしい猫でしかない。

訊きたいことはいろいろあるが、判らないことだらけで、何をどうやって質問していいか判らなかった。

「あのー……あの、楓さんも説教されたんですか？」

「もちろん。ねえ、周五郎さん？」

周五郎はこっくりと頷いた。

凜子の中で更に疑問が大きくふくらんでいき、小声で楓に訊いてみた。

「猫の妖精だって聞きましたけど、本当ですか？」

楓も小声で答える。

「そう言ってますね。なんでも人間よりはるかに長く生きているとか。それで、妖怪になっちゃったんですよ」

猫の妖怪といえば、猫又。長生きした猫は尻尾が二つに分かれて、妖怪になると言われている。

ちらりと横を見ると、周五郎の長い尻尾の先は確かに二つに分かれていた。

「猫の妖怪……」

周五郎はそれが聞こえたのか、キッと凜子のほうを睨みつけてきた。

『違うだろ！　リンゴ、ちゃんと教えただろ？』

「猫の妖精？」

『そうだ。猫の妖精さんだ。覚えてるじゃねえか。リンゴ、ちょっとオレの肩を揉めよ』

反射的に手を伸ばしたが、猫の肩というのはどこだろうか。迷った挙句、はっと気づいた。

「どうしてわたしが肩なんか揉まなくちゃいけないの？」

周五郎はニヤリと笑う。

『よしよし。ちゃんと言えたな。そのうち、おまえの苦手な奴にもちゃんと言えるようになるよ』

今度は『おまえ』呼ばわりされてしまった。

凛子は思わず楓に泣きついた。

「楓さん……！」

彼は小さく頷いて、白い歯を見せた。

「これでも役に立つことを言ってくれるから。僕がまだ若くて、亡くなった父からこの店を受け継いだとき、何をどうしていいか途方に暮れていたら、周五郎さんがふらりと現れて、いろんなことを教えてくれたんです」

「いろんなことって？」

「お客さんの心理とか。どんな心持ちで生きていけばいいのかとか……人生について説いてくれました」

猫に人生なんか語られたくない！

凛子は即座にそう思ったが、楓は反発しなかったのだろうか。彼はとても落ち着いた青年だが、若い頃からこんな感じだったのかもしれない。

でも、猫の言いなりって……。

いくら猫の妖怪で、人間より長生きしているとはいえ、凛子はやはり猫の形をしたものから説教されたいとは思わなかった。

これって、人より猫を下に見ているってことなのかな。

だが、やはり外見はどう見ても猫で、言葉を喋っていることに違和感しか抱けない。考えていると、どんどん頭が混乱してくる。やはり、いっそこれは夢の世界だということで片付けてしまったほうがいいかもしれない。

そうよ。ここは『ゆめや』なんだから。

この店に入ったら、夢の世界なのよ！

凛子は無理やりそう思い込むことにした。だから、猫が喋ってもＯＫなのだ。

「今日は何に致しましょうか？」

楓にそう言われて、凛子ははっと我に返る。

「あの……昨日飲んだフルーティーなお酒を……」

それからまた定食を頼む。

そのうちに紅葉もやってきた。彼女は声が大きく、店内は一気に賑やかになる。客が増えてきて、昨夜と同じような雰囲気になってきた。

日本酒の酔いも混じり、本当に夢の中にいるふわふわとした気分で、凛子はすっかり『ゆめや』が気に入ってしまった。

できれば毎日通いたい。

喋る猫のことは気になるが、このことには目を瞑ろう。気にしないと思えば、気にならないものだ。たぶん。

もちろん自分の給料を考えると、毎日なんて来られるはずがない。しかし、カウンターの中の楓や紅葉と時々言葉を交わしながら、おいしいご飯と日本酒をいただくと、本当に心が落ち着いてくるのだ。

なんだか前からここにいたような……。

凛子はこの店にすっかり馴染んでいた。

こんなところに来るのがクセになっちゃったら、一人でコンビニ弁当なんて食べられないなあ。

ふと、何か白いものがふんわりと横切っていくのに気がついた。

えっ……。

何、今の？

半透明の白い布のように思えた。

「ああ、あれも見えたんですね。気にしないでください」

楓にそう言われて、凛子は今のが見間違えではなかったことを確信した。

「気にしないでって言われても……なんだったんですか？」

「この店はたまにそういうのが現れるんですよ。周五郎さんみたいにふらりと現れて……見える人と見えない人がいるけれど」

じゃあ、わたしは『見える人』に分類されるわけ？

凛子はぞっとした。

この店には、異世界と繋がる通路があるということなのだろうか。だとしたら、凛子にはその異世界の住人が見えるということなのかもしれない。

夢の世界……の『ゆめや』。

今までいい気分でいた凛子だったが、急にはっと我に返る。酔いも醒めた。これ以上、ここにいたら、この異世界と自分は完全に繋がってしまうかもしれない。

見たくないいろんなものが見えてしまうようになったら、やはり怖い。

夢は夢の世界のままで……。

凛子は現実の世界に帰りたかった。

「あの……ご馳走様（ちそうさま）でした」

残りのお酒を飲んでしまうと、立ち上がってレジへ向かう。

「怖がらせちゃいましたか？　すみません」

楓は申し訳なさそうに謝ってくれる。そんなことはないと言いたかったが、言えなかった。

内気で引っ込み思案な自分が、ここでは別人みたいによく知らない人と話せた。それも、夢の世界だったからかもしれない。

けれども、凛子は怖かった。一刻も早く自分の元いた世界に戻りたい。

料金を支払っていると、周五郎がカウンターの上にひらりと飛び乗り、凛子へ向かって静かに言った。

『逃げるなよ、リンゴ』

「周五郎さん、凛子さんを脅（おど）かさないで」

『逃げてる限り、この世に安全なところはないんだよ』

周五郎の言葉は胸に突き刺さったが、凛子は無視することにした。

どうせ猫だし……。

猫の妖怪なんだし、人間のことなんて判りはしないのだ。いくら凛子が猫好きであっても、猫又は守備範囲外だった。

凛子は楓に頭を下げ、そそくさと店を出ていった。

4

あれから十日ほど過ぎたが、凛子は『ゆめや』どころか、裏路地にも近づかなかった。

会社帰りには足早に曲がり角を通り過ぎていく。たまには誰かと話しながら夕飯を食べたいと思うこともあったが、それはお笑い動画を見ることで気を紛らわせている。自炊。もしくはコンビニ弁当の毎日だった。

そして、職場でも相変わらずだった。時折、周五郎の言うことが頭をよぎるが、杏奈を好きになろうとも思わないし、向こうもこちらを嫌っているようにしか思えなかった。

必要最小限しか喋ることはなく、それでも日々は過ぎていく。

ある日、杏奈は昼休みに外食に出かけていった。凛子はいつもながらのサンドイッチとコーヒーで昼を済ませ、残りの時間は本を読んだりして、好きなように過ごしていた。

ところが、杏奈は午後の就業時間間近になっても、なかなか帰ってこない。

結局、ギリギリに戻ってきたものの、すぐに化粧直しのために席を立ち、仕事を始めたのは十分ほど過ぎた後だった。そこまで細かい観察しているなんて、まるで姑みたいだけれど、それには相応の理由がある。

彼女が昼休みギリギリまで戻ってこないときは、カレや社外の友達と会っているらしい。そのときに、どうやらアフターファイブの予定も入れているみたいなのだ。そして、その日の午後はなんとなく気もそぞろで仕事がおろそかになり、結果、残りを凛子に押しつけてくることになる。

つまり、いつものパターン……。

なんとなく嫌な予感に襲われながらも、凛子は自分に割り当てられた仕事に集中した。それぞれに割り当てられた仕事は自分でやるというのが、取り決めだった。けれども、そもそも凛子の仕事のスピードは速いので、最初から自分の割り当て分のほうが多いのだ。この時点で、すでに凛子は不公平感を感じていた。だから、余計にモヤモヤするのかもしれない。

とにかく、できれば仕事を押しつけられたくない。なんとなく彼女のほうを気にしつつ、凛子は自分の仕事をしていた。

終業時間になる頃、ようやく本日の分のデータ入力を終えた。

つつがなく仕事が終わって、ほっとする。資料の作成も完璧（かんぺき）だし、頼まれていたコピーもちゃんと取った。電話も数件受けたし、お茶出しもした。

身の回りを片付け始めていると、隣のデスクから声がかかった。

「真崎さーん。悪いんだけど、今日、外せない用事があって……。これ、代わりにちょっと入力しておいてもらえない？　ねえ、いいでしょ？」

やはりというべきか、彼女は凛子に仕事を押しつけようとしている。だいたい、いつもよそよそしい態度なのに、こういうときだけ馴れ馴れしいのは何故なのだろう。

彼女が残した仕事はあまり多くはない。凛子はデータ入力が好きだし、得意だから、自分ならそれほど時間はかからない。

嫌な予感どおりになったけど、まあ引き受けてもいいと思った瞬間、不意に周五郎の言葉が頭に蘇ってきた。

『何も言わないから、黙ってなんでも言うことを聞いてくれると人に思われる』

今、まさにその状況じゃないの？

凛子が文句を言わずに引き受ければ、何度だって頼まれるだろう。当然、凛子がやってくれるものだと思い込んで。

このままじゃ、わたし、ずっと『彼女の言うことを聞く人』になっちゃう。

『リンゴは周りの人間を自分より上に見てんだろう？』

猫にはちゃんと言えたことが、他人には言えない。他人はいつでも自分の上にいるから。

でも、上にいる人に意見を言っちゃいけないわけじゃないし。そもそも、上とか下とか、自分が勝手に思い込んでいるだけで、何も決まっていない。

凛子が何も言わずにじっと顔を見つめているので、彼女の取ってつけたような笑顔は強張った。いつもと勝手が違うと思っているみたいだ。

「……ちょっとだけじゃない？　ダメ？」

どうして今日は言うことを聞いてくれないのかと言いたげだった。彼女がとても困惑しているということが、こちらに伝わってくる。

その表情を見ているうちに、凛子は彼女が今まで自分が勝手に思い込んでいたイメージとは違っていることに気がついた。

そう。わたしはまるで彼女にパワハラでも受けているかのように思っていたけど、彼女にはそういう気持ちはなかったんだって。

確かに彼女はおとなしい凛子に仕事を押しつけて、早く帰りたいのだろうが、本心からそれを当然だと思っていたわけではなくて、後ろめたい気持ちがありながら、自分の頼みを聞いてほしいと思っていたのだろう。

もしかして、彼女に自分の言いたいことを言うのは、そんなに怖くないことなのかも。

ほんの少し勇気を出したら、それで済む。

よし。言っちゃえ！

凛子は思い切って口を開いた。

「ちょっとだけなら自分でやったらいいじゃない？」

「え、でも……」

「わたしだって、毎回引き受けられるわけじゃないし」

自分でも驚くほど率直に話している。自分にも用事があると言えば、すぐに断ることができるが、それは嘘になる。嘘はつきたくなかった。

「それぞれ割り当てられた仕事は自分でやるって取り決め、あったでしょ？　できれば、それを守ってほしいなって」

実を言えば、凛子は残業をしないまでも、彼女に割り当てられた分の仕事を手伝うことも多かった。早く仕事が終わりすぎたときに、上司に杏奈の手伝いをするように言われるからだ。

とはいえ、彼女は凛子が嫌いな電話の応対も楽しそうにやっているし、来客への応対もにこやかで、凛子より受けがいい。

彼女にもいいところがあるのだ。

それを思えば、こんなに彼女を責めるほどのことでもないんじゃない？

凛子が少し言いすぎたかもしれないと考えているうちに、彼女のほうが謝ってきた。

「ごめんなさい。わたし、仕事が遅い上に、勝手なことばかり言ってるよね」

しゅんとしている彼女を見ていたら、少し大人げない気がした。彼女も別に悪い人ではないのだろう。今まで凛子が黙って引き受けていたから、それが当たり前になってしまっていただけの話なのだ。

不思議……。

自分の対応が変わった途端、彼女の反応も変わった。そうしたら彼女への見方も変わったみたいだ。周五郎が言っていたのは、こういうことだったのかもしれない。

『リンゴが相手のこと嫌いだって思うと、向こうも同じように思うけど、逆に好きだって思ったら、向こうも好きになるんだよ』

ずっと杏奈のことが嫌いだった。彼女もよそよそしかった。だが、今は彼女のことがそんなに嫌いでもないし、ひょっとしたら向こうの気持ちも変わったかもしれない。

やっぱり、わたしが壁を作っていたせいなのかな……。

そうか。じゃあ、壁やめちゃおう。

凛子は彼女のデスクの上にあった書類を手にした。

「今日だけはやっておくから」

「え、いいの?」

「今度はダメだからね」

「判ってる。今までごめんなさい」

「わたしもずっと黙っていたから」

これまでどんなに言いたくても言えなかったことが、今は口からすんなりと言葉が出てくる。それはきっと、あの猫の妖怪のおかげなのかもしれない。周五郎に説教されなかったら、自分では気づけなかったことだ。

「わたし、デスクでずっとパソコンを打つのが苦手で……。真崎さん、すごく速いからすごいよね」

彼女に褒められて、凛子は驚いた。どうやらお世辞を言っているふうでもない。

そんなふうに思われているとは、まったく想像もしていなかった。

「ありがとう。でも、野本さんは電話応対とか来客の応対が得意だから……。わたし、そっちは苦手なの」

自分の得意なことは彼女の苦手なことで、彼女の得意なことは自分の苦手なことなのだ。

もしかして、わたし達、いいコンビなんじゃない？

入社以来、初めて会社でスッキリした気分になっていた。


周五郎の説教がきっかけで、凛子の心は晴れ晴れとしていた。少し残業する羽目になったものの、足取りも軽く帰宅の途につく。

今日は……行ってみようかな。

『ゆめや』へ。

店に近づくと、何故だか懐かしい感じがした。引き戸を開けると、中は十日前とまったく同じだった。

「いらっしゃいませ」

楓の柔らかな声が聞こえてくる。

カウンター席に座った周五郎はこちらをまっすぐ見ていたが、すぐに楓のほうを向いた。

『ほら、オレの言ったとおりだろ？』

「そうですね」

楓は凛子に微笑みかけて、いつもの席を手で示した。

「こちらにどうぞ。特等席ですよ」

それは周五郎の隣の席だ。

凛子はにっこり笑って、店の中に足を踏み入れる。

ここは『ゆめや』……。

時折、何か見えたりするけれど、それを気にするより、もっと大事なものがあるのかもしれない。

「凛子さーん。久しぶり！」

紅葉がやってきて、親しげな挨拶をしてくれる。

ますます楽しくなってきてしまった。

夢うつつになれる空間。温かくて、心地よくて、優しい場所。

日本酒と料理のおいしい店でもあり……。

そこでは物静かな主人と元気な手伝いがいて、凛子を迎えてくれる。

そして、何より説教好きの猫又もいて……。

「周五郎さん、ありがとう」

『あー？　なんだ？　嫌な奴と上手くいったのか？』

相変わらず彼は聡い。

「あのね……」

他の人からは見えない猫に話しかける自分に、楓は優しい眼差しを向けてくれる。

凛子はここの常連になると決めていた。

七匹もいる！

毛利志生子

来客を告げる鈴の音とともに扉が開き、すこし慌てた様子の月島が店内に入ってきたのを見て、多真は安堵の息をついた。

店の壁に掛けられた四角い時計は、午後九時二十五分を指している。あと三十分で閉店、ラストオーダーまではあと五分だった。

店内には、多真の他に二組の客がいる。

月島は、ぐるりと店内に視線をめぐらせ、かるく左手を上げると、足早に多真のテーブルにやってきて、向かいに座るなり頭を下げた。

「ごめん。遅くなった」

「いいのよ。長い出張の直前なんだし」

多真は、自分の言葉にうなずきながら月島の謝罪を受け入れた。

そう――月島は、明後日から三か月間、カナダに出張する。こんな場所で、たんなる会社の同期である自分と夕飯を食べている場合ではないだろう、と思うのだが、誘ったのは月島のほうだった。

それも、ひどく急な誘いだった。

今日の昼前、会社のエレベータの中で、今夜、二人で食事をしよう、と言われたのだ。

腹が立つことに、乗り合わせた人々は皆、「なぜ」と言わんばかりの顔をした。

皆の反応にむっとした多真自身も、「なぜ」と思った。

　月島とは六年前から同期という間柄だから、当然ながら顔見知りだし、話もする。同期有志によるグループＬＩＮＥにも参加している。皆で一緒に食事をしたり、仕事の愚痴を言いあうこともある。

　けれど、英語とフランス語を流暢にしゃべり、海外にも頻繁に出張し、たくさんの商談をまとめている月島に対し、多真の仕事はお茶くみやコピー取り、お使い、書類整理など、悲しいながら誰にでもできる雑用だ。

　加えて月島は長身で顔もスタイルもいい。

　彫りの深い端整な顔立ちは、まるで美術室の石膏像の中に鎮座しているメディチのようだ。対する多真は、顔立ちが日本人の平均の粋を極めたような造作で、体型は中肉中背。ホラー映画なら、観客に顔も名前も憶えてもらえないうちに、同情の余地のない愚かな行動によって、二番目か三番目に殺されるポジションだった。

　それでも、月島は気さくな性格ゆえか、所属する部署や役職にはこだわらず、いつも親しみと敬意をもって接してくれる。

　多真は、月島に好意を持っていた。

　だから、首をかしげつつも誘いに応じた。

　待ち合わせに選ばれた店は、会社から五分の場所にある定食屋『カモメ亭』だった。

　――別にいいけど…。

店の指定を受けた時点で、色っぽい話ではないことは明白だ。

月島が、せかせかとメニューを手にとり、多真に尋ねた。

「三森さん、何にする？」

「生姜焼き定食」

「おれも。――すみません」

月島が手を挙げて店員を呼び、生姜焼き定食をふたつ、注文した。

それから、かしこまった態度で多真に向き直り、また深々と頭を下げた。

「ごめんな。待たせたうえに、店も近くて」

「…いいのよ。わたし、ここの生姜焼きが好きだから。…きっちり醤油が利いていて。…ほら、最近は、甘いタレの店が多いから、生姜焼きを食べるならここって決めてる」

「あ、おれも」

月島が嬉しそうに笑い、すぐに表情を引きしめた。

「また、あらためて別の店でも奢るよ。三森さんの好きなものを」

「…気にしないで」

「いや…、それは」

月島が口ごもり、もじもじとした様子で視線を落とした。

多真の頭の中で、まさか、という言葉が頭の中で跳ねた。それは、肯定的な「まさか」

だったが、ほどなく否定的な「まさか」が現れて、頭の中で乱闘をはじめた。そのせいで落ち着かない気持ちが極限に達し、危うく胡乱な態度を取ってしまいそうになったとき、カモメ柄のエプロンをつけた女性が、二人の前に定食の膳を運んできた。

「おまちどうさま。生姜焼き定食です」

ありがとう、と多真は月島と口をそろえた。月島が多真に割り箸を差し出す。

空腹感もあり、二人はしばらく無言で食べた。

しかし、多真は、食べながらも前にいる月島が気になって、あまり味がわからなかった。口がうまく動かなくて頰の内側を嚙みそうになるし、危うく箸でつかんだトマトを取り落としそうになる。

皆でいるときは、こんなふうにはならないが、やはり二人きりだと緊張する。

ちらりと上目づかいに様子をうかがえば、月島は姿勢よく、料理をきれいな箸さばきで口に運び、静かに力強く咀嚼していた。

――うーん、かっこいいなぁ。本当に、なんで、わたしを誘ってくれたんだろう？

そう思った瞬間、月島と目が合った。

月島は、じっと多真を見つめ、意を決したように切り出した。

「三森さん、…副業をする気はないか？」

「…え？」

月島は箸を置き、居住まいを正して繰り返した。

「副業をしませんか、と聞いたんだ」

「な、なんの副業？」

「猫の世話」

「…どこの猫？」

「おれの猫」

そう言って、月島は息をついた。

「猫を飼っているんだ。いままでは、出張のたびに同じキャットシッターに世話を頼んでいて、今回もその予定で打ち合わせも終わってた。そうしたら、今朝、そのシッターさんの家族から電話があって、交通事故で入院した、と」

「え…っ、だいじょうぶなの？」

「生死の問題なら、だいじょうぶらしい。ただ、あちこちを骨折していて、何度かに分けて手術をしなければならないそうだ。だから、とうぶん仕事はできない、と言われたよ」

多真の脳裏に、ベッドに横たわる若い女性の姿が浮かんだ。

「…たいへんね」

「うん。だが、いつも世話になっているから、命に別条がないだけでも安心した。ゆっくり休んで、元気になってほしいと思うんだが――」

月島が言葉を切った。

そうだ、と多真は我に返った。

問題の『猫』が意識のど真ん中に戻ってきた。

「わたし、に…キャットシッターの代理を？」

「そう。猫を飼った経験があるだろう？」

あー、と多真は間延びした声を発し、心の奥深くで自分を呪った。

三か月前、駅前のペットショップで偶然、月島と会ったのだ。しかも、同じキャットフードに手を伸ばし、指先がふれるという大昔のロマンス小説のような展開まで共有した。

その出来事に舞い上がり、多真はおろかにも、かつて母の実家で飼われていた猫のことを話してしまったのだ。まるで、自分の家の飼い猫ででもあるかのような脚色をして。

あの時の月島の笑顔は極上だった。

「でも、いまはいないのよ」

「うん。友達に頼まれてフードを買いに行ったんだろう？　…逆に、いま猫を飼っていたら頼みにくいから、勝手な話だが、都合がいいと思ったんだ」

多真は力なく笑った。まさか、脚色されたストーリーの中で唯一、嘘偽りのない部分が裏目に出るとは。

肩を落とす多真とは対照的に、月島が身を乗り出した。

「どうかな？　いまから別のシッターを探すのはむずかしい。…こっちとしても、まったく知らないシッターに、三か月も猫を預けるのは心配なんだ。だが、三森さんなら気兼ねなく話せるし、なにより信頼できる。…三森さんにも都合があるだろうから、断られてもしかたないとは思っているが、その…、できたら頼みたい。楽な仕事ではないから、もちろんバイト代は払うよ」

どうだろう、と月島が多真の目を覗き込んだ。

チャンス！　と一ミリも思わなかったと言えば、うそになる。

だが、そんな下心は、不良品の線香花火のように一瞬で消えた。

かわりに、本当に困っているらしい目の前の月島の様子と、自身の抱える問題が激しくせめぎ合いを始めた。

実は、多真は猫が苦手なのだ。

嫌いではないし、怖いわけでもない。

ただ、どうも猫に嫌われやすい性質らしく、友人たちが飼っている猫は皆、多真の姿を見ると、脱兎の勢いで逃げ出すか、物陰に身をひそめてしまう。町で行きあう猫たちも同様だ。

猫は、ストレスに弱い生き物だと聞く。

だから、月島の猫も、多真に世話をされたら、ひどい負担を受けるかもしれなかった。

――どうしよう…。

断りたい、けれども、多真なぞにそんなことを頼んでしまうのは、これまで何人もの相手に断られてきたからではないか。

多真は、月島に恩義があった。入社直後の研修で、物覚えの悪い多真が何度も同じ質問をし、指導役の先輩に見捨てられかけたとき、根気よく説明をしてくれた。一人で残業しているとき、パソコンが動かなくなり、パニックを起こして社内をさまよっていると、どこからともなく現れて問題を解決してくれたこともある。財布を忘れて会社の近くのコンビニに行き、レジで慌てていると、偶然にも同じ店内にいて、お金を貸してくれた。来客に怒鳴られて困っているときも――。

「…やっぱり無理かな？」

卑怯(ひきょう)なほど情けなくて愛らしい目で、月島が多真を見つめた。

多真は、断るべきだという理性や迷いが、乾ききった砂の城のように崩れるのを感じた。

一匹くらいなら、なんとかなるかもしれない。猫は多真を避けるかもしれないが、トイレの掃除(そうじ)や餌(えさ)やりくらいならできるはずだ。

「やるわ。わたしでよかったら」

ぱ、と月島の顔が輝いた。

その顔を見たとき、多真はもう報酬(ほうしゅう)を受け取ったような気分になった。

翌日の午後六時。

多真は退社後、指定された住所へと向かった。

会社の最寄り駅から下りで三駅、南口から出て、駅前通りを右手に進み、指示された角を三回曲がり、細い路地に入って十数メートル進むと、目的の『メゾン・カモ』に到着する。

駅からの距離は、およそ徒歩十五分。

月島が教えてくれた目安どおりの距離だった。

『メゾン・カモ』は、三階建ての小さな古いビルだった。

壁面に見える窓の数は多いが、ベランダなどはなくマンションには見えない。

時代を感じさせる大きな重い片開きのガラス戸をあけて中に入ると、ややくすんだ銀色の郵便受けが五つ並んだ薄暗いエントランスの左手に、小さな病院の夜間受付のような窓口があった。

窓口のガラス戸は開いていた。

中をのぞくと、戸が開け放たれた奥の部屋では、Tシャツとジーンズ姿の月島が、なぜか大きなコタツを組み立てていた。

「…あのー」

困惑しつつ多真が声をかけると、月島が顔を上げた。同時に、はいはい、と背後から女性の声が聞こえた。振り返ると、六十代半ばと思しき年頃の、小柄で痩せた女性が立っている。女性は、小さな丸顔でにこにこ笑いながら多真に尋ねた。

「なにかご用？」

「はい。…あの、…月島、さんに」

「あらあら。聞いてますよ。猫のお世話をする人ね。…新しい彼女さん？」

ちがいますよ、といつの間にかエントランスに出てきていた月島が、ひどくきっぱりとした口調で否定した。多真は、月島の口ぶりよりも、女性の言葉から察せられた月島の恋人の存在感に、自分でも驚くぐらいの打撃を受けてしまった。

同時に、戸惑いを覚えた。

月島には恋人がいるかもしれない。いると考えるのが妥当だろう。ならば、多真が月島の家に出入りすることは、彼女の逆鱗に触れないのか？

もっとも、ここでその質問を口にすることははばかられた。

そんな多真の気持ちを知ってか知らずか、月島がつっかけていたスニーカーのかかとを上げながら女性に言った。

「さっき話した同僚の三森さん。明日から三か月、通ってくれます」

それから、と月島が多真に向き直り、女性を紹介した。

「大家の加茂(かも)さん」

「…よろしくお願いします」

多真は、ぺこりと頭を下げた。

女性——加茂はうなずき、月島に尋ねた。

「本当に彼女じゃないの？」

「ちがいますって。頼れる同期ですよ。事務方のエースなんですから」

「じゃあ、ちゃんとゴミ捨てをしてくれそうね」

微笑(ほほえ)む女性に、月島が続けた。

「こたつですけど、布団も掛けておきましたよ。まだ九月だから早いかと思いましたが、あの天板は重いから、もうねじで留めておいた方が安心なんで」

「ええ、ええ。そうしておいてくれた方が助かるわ。長い留守の前に悪かったわね」

「こたつを出すくらいは」

月島が笑い、女性に会釈(えしゃく)して多真に視線を向けた。

「じゃあ、行こうか」

「あ、うん」

多真も女性に会釈し、歩き出した月島の後に従った。

色の変わったリノリウムタイル貼りの階段は、狭くて急だった。一階上がるのに三回も折り返す。二階の戸数は、左右にそれぞれ一戸ずつ。最上階の三階も同様で、月島は右手の302号室の前で止まった。

「ここが猫の館」

月島が冗談を言い、ドアボーイのように玄関ドアを開けた。

お邪魔します、と言いながら、多真は中に入った。

ドアの内側には、石板タイルを貼った大きめの三和土（たたき）、そこから短い廊下（ろうか）が伸びて、先には磨（す）りガラスをはめ込んだドアがある。多真は、廊下に上がって月島を待った。月島はきちんと玄関ドアをロックしたあと、多真に視線を据えて言った。

「この廊下は、猫を逃がさないために使っているんだ。帰るときは、そっちのドアをきちんと閉めたか確かめてほしい」

「ち、ちょっと待って」

多真は、肩にかけていた通勤かばんからメモ帳とボールペンを取り出した。学生のころから、とにかくメモを取ることを心がけている。相手の話し方が早いと、判読不明なものになってしまう場合も多いが、月島はゆっくり話してくれるという確信があった。

いまも、言葉を切ったあと、多真の手が止まるまで待っている。

多真が顔を上げると、月島は手品師のような動きで廊下の先のドアを開けた。

その瞬間、黒い塊が飛び出してきた。

「ひゃう!」

多真は驚きの叫びを放ち、あわてて自分の口を押さえた。

昨日、月島と会ったあと、猫を飼っている友人に電話して、とりあえず猫に対して注意すべきことを聞いたのだ。

友人が教えてくれた注意点は三つ。

猫の目を見つめない。大声を出したり、大きな音をたてない。猫が嫌がる様子を見せたときは追いかけない。

飛び出してきたのが猫であることは、すぐにわかった。

つまり多真は、早々に注意点に反してしまったのだ。

けれども、その猫は驚く様子もなく、艶やかな縞々を自慢するかのように廊下に横たわり、腹を出してきらきらした目で多真を見上げた。

「こら、お客さんを驚かせちゃだめだろ」

月島が愛情たっぷりの声で猫をたしなめ、多真に紹介した。

「この子は、コマメ。飛び出し注意」

多真は、急いでメモを取った。

「コマメさんは女子?」

「うん。お客さんが好きでね」

月島がドアの奥の部屋に入り、まずコマメが、それから多真が続いた。

そこは、十畳ほどの広さのキッチンだった。正面左手に小ぶりな流しとガスコンロがあり、並びには冷蔵庫と一人暮らしの学生が使うような小さな食器棚、それに年季の入った扉付きのカラーボックスが置いてあった。

部屋の真ん中には四人掛けのテーブル。

月島は、ひょいと上半身をかがめ、テーブルの下を確かめてから多真に言った。

「椅子に座っているのが、クロエ」

多真も体を曲げて椅子の上を見た。こちらも年代物の椅子の座面に、歴戦の勇士を思わせる風貌の黒猫が、前足を胸元で抱え込む形で座り、貫録たっぷりに多真を睥睨した。

――二匹いるのね…。

クロエ、とメモをとる多真に、月島がカラーボックスから取り出した小さな袋を示しながら説明した。

「クロエは突発性膀胱炎になったことがあるんだ。いまはこの療法食を食べていて、膀胱炎が再発したことはないけれど、餌を食べているか、おしっこをしているかどうか、とくに気をつけてやってほしい。クロエは、たいてい餌を食べたら、すぐにトイレに行くし、そうでなくても決まったトイレでしかしないんだ。他の猫も、なぜかクロエのトイレは使わない。トイレはここ。あ、クロエの餌は、他の猫の口に入っても心配いらない」

「わかったわ」

多真はメモを取りながら答えた。

どうやらコマメもクロエも多真を恐れていない様子だ。

これなら何とかなりそうだ。

――ん？　…でも、…他の猫って…？

「こっちにいる子は、すこし臆病なんだ」

月島が、流しの向かい側にある引き戸を開けた。

そこも、キッチンと同じくらいの広さの洋室で、三面に窓があるのに、部屋の角にも奇妙な形の出窓がついているという、変わった造作の部屋だった。

右手の窓の下にはベッドがあり、きちんと整えられた薄地の布団の上には、ほっそりとしたサバ白の猫とやや太めの黒斑(くろぶち)の猫が、重なり合うように横たわっている。しかし、サバ白の猫は、多真たちの姿を見とめた瞬間に、弾かれたように起き上がり、あたふたと壁面に作りつけられたクローゼットの少し空いた隙間(すきま)から中へと駆け込んでいった。

「あれがリル、こっちの黒斑がウメ」

月島が指差すと、ウメは迷惑そうな顔つきで目を伏せた。

「残念ながら、おれにはあまり懐いてない」

苦笑した月島は、クローゼットに視線を移した。

「中に、もう一匹いるんだ」

この猫、と月島がスマホで写真を示した。画面には、白を基調に縞や茶を散らした長毛の猫が写っていた。

「名前はアガサ。この子は男子」

「…クローゼットからは出てこないの？」

「人がいないときと夜中は出てくるよ。餌は、クローゼットの中に入れて、しばらく扉を閉めておくと食べている。だいたい十五分くらいみておくと食べ終わるかな。皿は毎回、集めて洗ってほしい。面倒だとは思うけど」

「わかったわ」

多真は、メモ帳に書きこんだ。

――コマメ。クロエ。ウメ。リル。アガサ。…なんと五匹。思ったよりも、ずっと多いわ。…いえ、ちょっと待って。

キッチンには、この部屋に入るための引き戸の他に、まだ開けていないドアが二つあった。ひとつは廊下から入った右手の壁に、もうひとつは正面の壁に。

あの二つのドアの向こうが部屋ならば――？

「…もしかして、…まだ、…いっぱいいる？」

手をかける。

「キクとフク。あっちの部屋にいるよ」

月島がキッチンの方を指し、歩き出した。右手の壁ではなく、正面の壁のドアのノブに
手をかける。

「こっちは？」

多真が右手の壁を指すと、月島はノブを握り直して右手の壁のドアを開けた。

「こっちは、トイレと風呂場と洗面所。…週に一回くらい、猫たちのトイレを洗ってほし
いんだ。そのときは風呂場を使ってくれ」

申しわけなさそうに月島が言った。多真はメモを取った。

「部屋の掃除とかは？」

「ときどき掃除機をかけてくれると助かる。いまは抜け毛がひどいからな。掃除機は、こ
れから行く部屋の物入れに入っている。掃除用の粘着テープも」

多真はうなずき、最後の部屋へ入った。

その部屋には、テレビと本棚と大きなソファが置かれていた。大きな茶色い猫ケージと
白くて高いキャットタワーもある。

本棚の上に茶トラの猫が、ソファの上にはクリーム色の猫が座っていた。

クリーム色の猫は、多真たちが部屋に入ると、場所を譲（ゆず）るように立ち上がって、テレビの後ろに置かれた毛布入りの籠（かご）へと移動した。ぴょこぴょこと跳ねるような動きをする、その猫の左の前足は、付け根から失われていた。

「…事故で？」

「たぶんね。…フクは、おれがはじめて飼った猫なんだ。学生の時、海外旅行に行く妹を空港まで送っていく途中で、道端にうずくまっていた。妹が先に気づいて、止めろと叫んで車から飛び出し、上着にくるんだフクを連れてきた。そのまま動物病院に行って、入院させて、…妹はイタリアに旅立った。で、帰国してすぐ実家に帰った」

「えー…」

驚く多真に、月島は恥ずかしそうな笑いをこぼした。

「フクは、運動神経がいいんだ。びっくりするほど高い場所まで飛び上がったりする」

多真は、本棚の上の茶トラの猫に目を向けた。

「キクちゃんには、とくに気を付けることは？」

「あいつは甘えん坊だから、時間があるときは遊んでやってくれると喜ぶ。テレビの下におもちゃが入っているから、それを使ってくれればいい。ただ、使い終わった後は、きちんと仕舞ってくれ。ちぎって食べてしまうことがあるんだ」

「…食べたらどうなるの？」

「何事もなくうんちと一緒に排泄されるか、胃が刺激されて吐くか、腸に詰まって大事になるかだな。吐きだせなかったり、腸に詰まったりしたら手術を受けることになる」

「…気をつけるわ」

他には？　と多真は尋ねた。

月島は、多真がメモを取る速度に合わせて、さまざまなことを説明していった。

トイレの掃除の仕方や餌の量。食器や餌の置き場所。もしもの時に行く獣医。多真は朝晩の二回、この部屋に来ることになる。月島が出張先のカナダで拠点を置くトロントとの時差は、13時間ほど日本の方が進んでいる。日常的なやりとりはＬＩＮＥを使うことになるが、どうしても直接話す必要があるときは、できるだけ時差を考慮し、お互いの仕事の妨げにならないように注意しよう、と約束した。念のため、月島が滞在するホテルの住所と直通電話、月島の実家の住所と電話番号も教えられた。

猫の世話をするにあたり、月島から提示されたバイト代は日給一万円。

高額すぎる、と多真は驚いたが、月島は辞退することを許さなかった。多真も、とりあえずは受け取りの意思を示した。お金を受け取るということは、ちゃんとやりますという意思表示になる。仕事である、という意識は、多真自身の戒めにもなるだろう。

――後で返せばいいわ。…それにしても…。

荷が重い。

七匹もいるなんて。

万一にも、猫をけがさせたり、病気にさせたりしたらどうしよう――。

わずかな下心は、とっくに吹っ飛んでいた。

なんといっても相手は生き物だ。

失敗は許されない。

月島と別れ、自宅へ向かう道中は、ため息の連続だった。


翌日の午前中、多真のスマートフォンに、出国を告げる月島のＬＩＮＥが届いた。不器用を自認する多真は、猫のことを考えないように努めて仕事を進め、退社後にダッシュで月島の家へと向かった。

多真が猫たちの世話をはじめてから二週間は何事もなかった。

ただ、コマメだけは、初日から、多真がキッチンのドアを開けるたびに飛び出してきて足許(あしもと)にあおむけになった。そればかりか、きらきらと輝く目で多真を見上げる。

多真は、必死に目をそらし、コマメを踏まないように体をまたぎこした。コマメは、つまらなそうに多真についてきて、トイレ掃除(そうじ)をする多真の背中に頭突きをしたり、腰に体をすりつけたりしていた。

最初は、頼まれたことを全部やり終えるのに、かなりの時間を要した。

凝視しないように気をつけながら猫たちの様子を確かめ、足許で転がるコマメに注意する。トイレを掃除して、部屋に掃除機をかけ、水を換え、餌の用意をする。多真はスタンプカードを作り、猫の世話やドアの開閉などを細かくチェックした。完璧にできた項目には、今日の日付に丸をつけていく。

そのうちに手順や物の置き場所を覚え、効率も上がって時間も短縮できた。同時に、猫たちもすこし慣れてきて、多真を見ても緊張しなくなってきた。

これならなんとか三か月を乗り切れそうだ、と安堵を覚えた二十日目の夕方。

異変が起こった。


その日も、コマメがキッチンから飛び出してきて多真を迎えた。

多真は、あおむけになったコマメの頭を撫でて、キッチンに入った。

テーブルの下には、いつもどおりクロエが——いなかった。

——えっ!?　いない!?

「ク、クロエ…?」

多真は、いつもクロエが座っている椅子の座面を両手で押した。食器棚の上や裏側、ゴミ箱の周辺などをくまなく見て歩く。

「いない…」

泣きそうな気持ちで動きを止めたとき、寝室に続く引き戸が細く開いていることに気がついた。

多真が家にいるときは、猫が行き来しても問題ないと聞いていた。ただ、帰る前には、それぞれを部屋に戻して、戸を閉めておくようにと言われていた。

昨日も、そうしたはずだ。めずらしくクロエが近づいてきたから、背中にブラシをかけてやり、おやすみと言って別れたのだ。

それなのに——。

どっ、と冷たい汗が噴き出した。

空き巣だろうか。その空き巣がクロエを？　いや、空き巣はまだ家の中にいるのか？

「ちょ…、…ど、えー…」

月島に電話か、警察に電話。二択が頭に浮かんだ。それから、そっと家を出て、大家の加茂に助けを求めるという選択肢も湧いてきた。

けれども、多真はそのどれも実行しなかった。

かわりに、耳を澄ませる。

隣室からは、猫の声も、人の声も、物音も聞こえない。

どうしようか、と眉根を寄せたとき、多真の足をするりと体で撫でて、コマメが引き戸の隙間から寝室へと入って行った。

――コマメー!!

多真は心の中で叫んだが、寝室は静まり返っていた。

仮に、もし空き巣がいたとしても、窓から出て行ったかもしれない。だいじょうぶ、だいじょうぶ――自分に言い聞かせながら、決死の覚悟で引き戸を開けた。

力が入ったせいか、ベッドの上にいたリルと、これまでは逃げなかったウメまでが飛び上がり、クローゼットに駆け込んだ。

その動きに驚いて、多真は小さな悲鳴を上げた。

すると、ベッドの下からクロエが走り出てきた。

クロエは、多真の脛に頭をぶつけたが、足を止めることなくキッチンへ走っていく。

多真は脛の痛みに悶絶しながら、床に膝をついてクロエに手を伸ばした。

「ちょっ…、だいじょ…うぶ?」

そんな多真の腕に、今度はコマメが楽しそうに頭をぶつけてきた。

寝室に空き巣はおらず、窓も開いていなかった。


スマートフォンの画面に、キッチンのテーブルに突っ伏した多真の姿が現れたのを見て、月島は首をかしげた。

――具合が悪いのか？　…いや、寝てる…？

現在のトロントの時刻は午前九時、つまり日本は午後十時ということになる。寝ていてもおかしくはない時刻だが、それが月島の家のキッチンとなれば、話は別だった。

月島は、自宅の三つの部屋に、ベビーモニターを置いていた。遠方から目標物の行動を観察するためのカメラだ。映像はスマートフォンで確認できる。

モニターがあることは、多真には伝えていなかった。もともと自分の不在時に、猫の様子を確かめるために置いたカメラで、多真の働きぶりを監視しようなどという意図はなかった。だから、単純に言い忘れたのだが、そのうち逆に言い出しにくくなった。

モニターの映像をチェックすると、三回に一回は確実に多真が映るのだ。

もちろん、モニターをチェックしたとき、多真が映ると受信をオフにする。本人の許可なく、行動を監視する気はない。

だが、猫は不調を隠す生き物なので、モニターチェック自体は頻繁にする。なるべく多真がいないだろう時間を狙っているが、多真がいない時間だけモニターの映像を見るということは、多真の滞在時間の長さからも不可能だった。

多真は、たいてい掃除や餌やりをし、ときには猫に話しかけたり、遊んだりしていた。

その姿は、月島が信頼する、いつもの多真の姿だった。

多真が物事の手順ややり方を覚えるのが遅いことは承知している。けれども、そういう人は大勢いる。書類の作り方など、何度も同じことを聞く多真に顔をしかめる先輩もいたけれど、それは多真の長所だ、と月島は感じていた。

彼女は、わからないことを自分勝手に処理しない。

かならず、それがわかっているだろう相手に聞くのだ。

そして、何度も同じことを繰り返し、いったん習得したことについては、他の追随を許さないほど完璧にこなした。

その姿勢は、猫の世話をするときにも変わらなかった。

室内はいつもきれいで、猫のトイレは清潔、猫たちも元気に、そしておっとりと過ごしている。月島は多真に感謝していたが、そんな猫の暮らしを守るため、多真が無理をしていたとしたら大問題だ。

多真に電話をかけてみようか、と思ったとき、ぴょんとテーブルに飛び乗ったコマメが、多真の頭に頭突きをかました。

『んあ…っ、…痛…』

多真が小さな声をもらし、頭突きをくらった部分を押さえながら頭を上げた。コマメがうれしそうに多真にすりつき、頭を撫でられて至福の表情を浮かべた。

『ごめんね、寝ちゃってた。みんな、もうご飯を食べた？』

そう言って立ち上がった多真が、ふとコマメのほうを振り返って尋ねた。

『コマメちゃん、なんでそんなに頭をぶつけるが好きなの？』

『猫の頭突きは、愛だから』

多真が、月島のＬＩＮＥの書き込みに気づいたのは、翌日のお昼休みのことだった。

昨日は、空き巣を疑って騒いだせいで、リルとウメ、アガサがクローゼットに籠城し、なかなか餌を食べに出てこなかったのだ。多真は、キッチンのテーブルについて、リルたちが出てくるのを待った。あまりにも時間がかかったので、テーブルに突っ伏して眠ってしまい、食器を洗って片づけた後は、深夜の道を駅に向かって全力疾走する羽目になった。

そのあとも就寝までバタバタし、寝坊して朝の猫の世話に行くのも大変だった。そんな状態だったから、スマートフォンを手にすることさえなかったのだ。

どうして、とつぜん月島が猫のミニ知識を知らせてきたのかは不明だったが、役に立つ情報だった。コマメの頭突きは『愛』なのだ。そう思うと、素直にうれしい。

返信がてら、引き戸が開いていた件を報告すると、猫は引き戸を開けることがある、と返事があった。

多真は、月島が窓のロックを怠らないようにと言っていたことを思い出した。その言葉を聞いたときは、盗難防止とばかり考えていたが、猫の脱走防止の意味合いのほうが強かったのかもしれない。

――気をつけないとね。

多真は、残りの日々も無事に乗り切れるように、あらためて注意点を思い返した。

退社後に月島の家へ行くと、今日もクロエの姿はキッチンになく、寝室へ続く引き戸がすこし開いていた。

「…クロエ?」

小さな声で呼びかけてみるが、返事はない。代わりに、コマメが寝室から走り出てきて、多真の足に頭突きをかまし、いそいそと足許であおむけになった。これまでは、コマメの頭を撫でて、脇を通り過ぎてきたが、今日はコマメの腹を撫でてみることにした。

ネットで調べた情報には、猫の腹はあまり撫でない方がいいと書いてあった。しかし、コマメは、いつもあおむけになる。多真の顔を見上げる目の輝きからして、撫でることを要求しているとしか思えない。

多真は膝をかがめ、そっとコマメの腹を撫でた。

ぐるん、とコマメが九十度身をよじり、手足を投げ出す形で横向きになった。

——うわ…っ。

いやだったのか、と多真は慌てたが、コマメはまた勢いよくあおむけになり、催促するように尻尾をぱたぱたと振った。

「もっと?」

多真が腹を撫でると、コマメは楽しそうに身をよじった。

その嬉しそうな様子を見ていると、多真も楽しくなってきた。

キッチンに置いてあるトイレの掃除(そうじ)を終え、コマメを従えて寝室に入った多真は、リルとウメの頭を撫でてから、こちらのトイレも掃除した。クロエは、今日はベッドの上にいた。枕に背中をもたせかけて寝ていたクロエに対し、反対側の布団の端で寝ていたウメは、片目を開けて多真の存在を確かめると、また眠りに落ちていった。リルは立ち上がり、にゃっにゃっと鳴きながらクローゼットに駆け込んでいった。多真は誘われているような気分になったが、クローゼットの中にはアガサがいる。アガサがどうしているのかは気になったが、中を覗(のぞ)いたりはしなかった。

テレビが置かれた部屋に入ると、コマメがするりと多真の足許から先に部屋へ入った。ソファの上のフクが顔を上げ、コマメにむかって尻尾を振った。

コマメは、フクの隣へ飛び上がり、激しくフクの頭を舐(な)めはじめた。

それを横目で見ながら多真はトイレの掃除をはじめた。スコップで猫砂の上の糞(ふん)を取り、砂を掘っておしっこの塊(かたまり)もすくい取る。ウェットティッシュでトイレのふちをぬぐい、よしと思って身を起こそうとした瞬間。

どすり、と重くて生温(なまぬる)いものが背中に落ちてきた。

「ぐっ」

多真はうめき、本棚にはめ込まれた扉のガラスに映った自分の背中を確かめた。そこには、ごく当然の行為と言わんばかりの顔つきのキクが、抜群の安定感で座っていた。

――えーっ!?

腰を九十度に曲げ、背中を水平に保った状態で、多真は考えた。

これは、どうすべき事態なのだろう?

どうして、キクは多真の背中に落ちてきたのか?

「…キクちゃん?」

無視された。いや、キクは、半分ほど爪を出した状態で多真の背中を押し始めた。指圧のように、両手でもみもみと入念に押し続ける。

「いたた…、降りてよ、キクちゃん」

もちろん無視された。

多真は、ソファに乗り移ってもらうべく、さらに膝をかがめたが、キクは忖度することなく、心ゆくまで多真の背中をもみほぐしてくれた。


月島がモニターの映像を見ると、今日は多真の姿がなかった。

一瞬、一抹の寂しさを感じ、その感情はまちがいだ、と自分を戒める。

モニターは、猫の様子を見るために置いてあるのだ。多真の姿を見るためではないし、なるべく見てはいけない。

猫たちは今日も元気だった。部屋はきれいで、トイレも清潔、飲み水も新鮮で透き通っている。

高額なアルバイト料を約束した甲斐があった、という考えが頭をかすめたが、月島はすぐにその考えを否定した。

多真が猫の世話を引き受けたのは、報酬のためではなくて、月島に友情を抱いているからだろう。月島は、もう慣れているが、やはり七匹の猫の世話を、きちんとしようと思えば大変なはずだった。

会社に入ったばかりのころは、キャットシッターの存在を知らなくて、出張の時の世話を他の友人に頼んだことがある。彼は四日で音を上げた。

以前につきあっていた女性に至っては、途中で猫の世話を放棄したあげく、出迎えたコマメを、うるさいと怒鳴って蹴飛ばした。

だが、多真は完璧だ。

月島は満足感を味わうと同時に、自分は多真のまじめさ、人の好さに付け込んだのかもしれないという、かるい自己嫌悪が胸に湧いた。

月島は、ちらりと部屋の隅に置いた袋に目をやった。

袋の中には、ジャムやチョコレートやクッキーが入っている。多真に感謝を感じるたびに、なんとなくお礼のつもりで買い求め、かなりの量になってしまった。

あれを渡したら、多真はどんな顔をするだろうか。

みやげの菓子を見たとき、以前につきあっていた女性は、うれしそうな様子を装いながらがっかりしていていた。

――いや、三森さんは友人だからな。

それに、同期へのみやげに菓子は鉄板だ。問題は、食べ物であることでなく、量なのだ。しかし、一方で、多真はなにが欲しいのだろう、なにを渡せば喜んでくれるだろうかと考えている自分がいた。

答えは、ＬＩＮＥからやってきた。

『明日から脱衣所を使わせてほしいんだけど』


翌日、多真は着替えを持参して月島の家へ行った。

キクのマッサージにより、お気に入りの秋物のトップスの背中にいくつもの小さな穴が開いたのも、背中に無数の傷ができたのも痛かったが、きちんと対猫用の衣服を用意しなかった自分が迂闊（うかつ）だと考えた。

昨夜のうちに、脱衣所で着替えたいと、月島に伝えて許可を取ってある。ドアで仕切られているため、脱衣所のほうに猫が入ってくる心配もなかった。

もっとも、多真の意気込みとは裏腹に、キッチンのドアを開けた直後から、コマメの『足許転がり攻撃』を受けた。コマメは転がりながら追ってきて、脱衣所に続くドアが開いた瞬間、隙間から中に飛び込んだ。月島から、トイレや風呂場、洗面台のあるその一角には猫を入れないように言われている。多真はあわてて捕まえようとしたが、コマメは物陰に隠れてしまい、捕まえるのにひどく時間がかかってしまった。

月島が日本を離れて四十五日が過ぎた。

多真と猫たちの距離は、蝸牛の歩み寄りもゆっくりと、しかし確実に縮まっていた——アガサを除いて。

多真は、月島の家に行くのが楽しみになっていた。相手が猫でも、歓迎されれば嬉しいものだ。掃除を終えたばかりのトイレに入った猫が、ご苦労様と言いたげな視線を送ってくれると、自分の働きぶりに自信が持てる。猫と遊ぶ技術も向上した。おもちゃを動かすときに緩急をつけるのだ。うっかり転がしたおもちゃのボールに、それまで無関心を装っていたリルがじゃれついたときは、驚きとともに喜びを感じた。

一方で、日ごとに低くなっていく気温や、自分がいないあいだの猫の様子が気になりはじめていた。

月島の家は、無人の時間が長すぎる。

毎日、ドアを開けるときには、だれかが倒れていないかが心配だった。実際に、そんなことはなかったが、自宅にいる夜中などにも、ふと気になることが増えていた。

そんなある日。

月島の家へ向かう道中、とつぜん激しい雨が降り出した。

道行く人々は、声を発しながら建物の軒先に駆け込んでいく。

多真は、月島の家へと走った。全身を打つ雨粒の勢いは痛いほどだったが、近くの軒先に避難しても、手遅れのように思われた。

豪雨の中を懸命に駆けて、『メゾン・カモ』にたどり着いた多真はほっとしたが、階段を上っている途中から、自分でも驚くほどの寒さを感じはじめた。

まるで、体中の熱が雨に流し去られたかのようだ。

月島の家に入った時には、多真は両手で自分の体を抱き、がたがたと震えていた。

衣服からもかばんからもかなりの量の水が垂れている。階段も濡らしてしまった、と他の住人に申しわけなく思ったが、なによりもまず、この濡れた衣服を脱いで、熱い湯を浴びなければ凍死しそうだった。

多真は、震える手でスマートフォンを取り出し、風呂場とタオルを貸してほしいと月島にＬＩＮＥした。トロントはまだ早朝だろうに、月島は即座に返事をくれ、タオルと着替えの置いてある場所を教えてくれた。

玄関ドアの鍵を確かめて、三和土で服を脱いだ多真は、風呂場へと直行した。

多真の勢いに驚いたのか、コマメは物陰から家政婦している。

タオルを手に風呂場に飛び込んだ多真は、至福の心地で湯を浴びた。生き返るとは、このことだ。体を拭いて脱衣所に出た多真は、着替えがあると月島に教えられた戸棚を開けて、絶句した。

そこには、大原中学と刺繍された、女物のグレーのジャージの上下と長袖の体操着が入っていた。

――えー、と…、…月島くんの…じゃないわよね。…彼女の？　月島くんの…？

まさか、と思ったが、月島がぴちぴちのジャージを着ている姿を想像して笑ってしまった。同じく同期の八木摂子が、『あんなにさわやかな男なんて噓くさい。きっと家では他人に言えない趣味を楽しんでいる変態よ』と、偏見に満ちた陰口をたたいていたのを思い出す。

袖を通すと、ジャージはすこし大きかったが、それなりのフィット感があり、動きやすかった。

多真は、いつもどおりに猫の世話をはじめた。

雨が降ったせいか、猫たちはみんな眠そうだった。

おかげで、二時間ほどで世話を終えた多真は、寝室にリルたちの餌皿を取りに行き、床に座ったまま壁にもたれた。雨の中を走ったせいか、いつもよりも疲れていた。

ふーっと息をつくと、どこからか訪れた眠りに囚われる。

ふわふわと柔らかな毛布に包まれているような暖かさを感じた。

とても、気持ちのいい夢を見た。


午前十一時、モニターをチェックした月島は、寝室の壁にもたれて眠る多真を発見した。

多真は、妹の中学時代のジャージを着ており、周りには猫が集まっていた。床に置かれた右手の上にはウメ、左手の上にはリル、腰にはコマメが寄り添っている。立てた膝の下にはクロエ、そして、膝の上にはアガサがいた。

アガサは眠っていなかった。目を開いたまま、多真の膝の上に、四肢を折り曲げてただ座っている。その表情には、穏やかなあきらめが表れていた。

アガサが月島の家に来たのは四か月前。

いつも行く獣医で、顔見知りだった老婦人から託されたのだ。

老婦人は、施設に入ると言った。不本意だが、子供の決定にはさからえないと話した。

月島は迷ったが、最終的には引き受けた。アガサはもう八歳で、老婦人の子供は引き取らないと宣言していた。新しい飼い主をさがす時間も残されていなかった。

自分が引き取るのが最良だとは思わなかった。すでに家には六匹の猫がいた。その子たちのためにも、もう新しい猫を迎えるのはやめようと決めていた。

もともと月島は、大の猫好きというわけではなかった。嫌いではないし、可愛(かわい)いとも思うが、遠くから眺めているだけで十分だった。

それなのに、猫と暮らし始めてしまった。

最初はフク。

次はリル。

リルは、学生時代、アルバイト先の先輩が拾った猫だ。まだ子猫で、先輩はペット不可のアパートに住んでいた。月島が預かり、そのまま引き取ることになった。

その次はコマメがやってきた。

コマメは、月島が乗っていた自転車の前に止まった車の窓から放り出されたのだ。ショックですくみあがったコマメは、しばらく震えていたが、月島に気づくと、足許(あしもと)に走り寄ってきた。

クロエは、妹が拾ってきた。

ライブに行くから泊めてくれと連絡があり、クロエを連れてやってきた。クロエは雨に濡れ、ぐったりしていた。獣医に連れて行くと、突発性膀胱炎(とっぱつせいぼうこうえん)でおしっこが出なくなり、危ないところだったと言われた。

妹は、おみやげだから、と言って、クロエを置いて帰っていった。

キクとウメは、キャリーにぎゅう詰めにされた状態で、月島の自転車の荷台にくくりつけられていた。警察に届けたが、遺棄なのですぐ愛護センターに送られ、そのまま殺処分されるだろうと聞かされ、自宅に連れて帰ってしまった。おそらく、同じ家で飼われていたのだろうが、あまり仲が良くなく、別々の部屋に居たがった。

これで六匹。

最後がアガサだ。

アガサも、いきなり大家族に放り込まれて、さぞかし迷惑だったことだろう。

月島も、アガサのクローゼット立てこもりが思ったよりも長期にわたり、いささか気持ちがくじけかけていた。

だから、アガサが多真に先に心を許したのは、すこしばかり悔しかった。

けれども、彼はゆっくりと前に進んだのだ、とも思う。多真の膝に座るアガサの姿は、とても感慨深かった。

月島は、温かい気持ちを胸に、モニターの映像を切った。

とつぜん目が覚めて、多真は一瞬、自分がどこにいるのかがわからなかった。

ただ、気持ちいい余韻があり、猫に囲まれていた。

ウメとリル、コマメとクロエ――。

——ああ、よく寝た…っ、じゃないわ！

壁にかけられた時計を見て多真は驚愕した。

針は、深夜の二時を指している。

明日は会社なので、どうしても濡れた衣服を持ち、自分の家に帰らなければならない。

——…これで？

多真は、身を包むジャージを見下ろした。

大原中学という文字は燦然と輝き、自分こそが変態みたいだ、と多真は思った。


タクシーしか移動の手段がなく、深夜の羞恥プレイは避けられたものの、いささかならず落ち込んだ多真は、その気分のまま翌日の仕事を終え、月島の家へ向かった。

『メゾン・カモ』のエントランスに入ると、工具箱やはしごを持った作業服の男性が二人いて、大家の加茂と何事かを話し合っていた。

「…どうかしたんですか？」

会話に参加していない男性に尋ねると、そっけない答えが返ってきた。

「水漏れ」

「え…っ。…何号室ですか？」

「302号室の洗面所」

血の気が引いた。

洗面所や風呂場に続くドアは、きちんと閉めておくように、月島に注意されていたのに、昨日は確認がおろそかになってしまったのだ。

多真は加茂に目を向け、彼女の話が終わりそうにないのを知ると、大急ぎで階段を駆け上がった。部屋の前まで来ても、手が震えて、鍵がうまく鍵穴に入らない。

なんとか鍵が開き、ノブをつかんだ直後、猫たちのことを思い出して手を止めた。

作業服の男性たちは、加茂の案内で中に入ったかもしれない。彼らは、そして加茂は、キッチンと廊下(ろうか)を隔(へだ)てるドアを、きちんと閉めてくれただろうか?

そーっと細くドアを開けると、廊下の真ん中に座ったコマメの目がきらりと光り、にゃーと小さな声が聞こえた。

多真は、カバンで足許をブロックしながら、ぎりぎりの隙間(すきま)から体を家の中へねじ込んだ。コマメが走り寄ってきて、なにかを訴えるように、多真の足に頭突きを連発した。

「ごめんね。ごめんね。ごめんね」

多真は、ぎこちない手つきでコマメを抱き上げた。コマメは、多真の顔に自分の顔をすりつけた。

コマメを抱いたままキッチンに入り、恐る恐る洗面所に続くドアを開けると、湿った匂(にお)いが鼻を突いた。

床は濡れていなかったが、洗面台まわりの壁に沁みが広がり、なにがしかの惨状が発現したことが想像できた。

――下の部屋はどうなったのかしら？

加茂に話を聞かなければいけない。加茂に、そしてもしかすると下の階の住人にも詫び、水漏れで生じた損害を弁償しなければいけなかった。

「だいじょうぶよ」

処刑場に引き出される心地で訪ねた多真に、加茂はあっさりと言った。

水漏れが起きたのは、やはり多真がドアをきちんと閉めていなかったせいだった。ノブの緩んだドアを押し、だれかが中に入って、蛇口を押したのだ。そのときに、洗面台の棚に置いてあった綿棒の束が落ち、水を吸って膨れ、排水溝に詰まった。行き場を失った水はシンクに溜まり、溢れ出て、床から下の階の天井に沁みていった。雨漏りのように、天井からぽたぽた垂れて、洗面台と床を汚したという。

「でも、漏れた水の量が少なかったし、床や天井を張り替える必要はないんですって。下の階の津久井さんも、『気にしないで』って言ってたし、点検なんかも、保険に入ってもらっているから、払わなくてもいいのよ」

「そうですか。…でも、すみませんでした」

多真は深々と頭を下げた。二度と同じことはしないと心に誓う。下の階の住人や加茂にはもちろん、猫たちにも負担をかけてしまった。

それにしても、いったいだれが蛇口を動かしたのだろう。それは、いたずらなのか？　それとも、月島がいない寂しさから、普段はしないようなことをしてしまったのだろうか。

昨夜も、うたた寝した多真の周りに猫が集まっていた。

猫たちは、あの家にだれか人がいることを望んでいるのではないか。

――保護者みたいなものだものね。

以前の多真は、猫には仲間の猫がいれば寂しくないと思っていた。だが、猫にとって、一緒に暮らす人間は、必要不可欠で特別な存在なのかもしれない。

そんなことを考えながら月島の部屋に戻ると、めずらしくコマメが控えめな態度で出迎えた。キッチンでは、クロエが床に座り、ひどく不機嫌そうな顔をしていた。

「…どうしたの、クロエ？」

問いかけても返事はない。

クロエは面倒臭（めんどうくさ）そうに目を閉じてしまった。

――具合が悪いのかしら？　…どうしよう。

多真は迷ったが、すぐさま獣医に飛んでいくほどの状態なのかどうかの判断がつかない。

クロエのトイレを見ると、それなりに大きめの排尿の痕跡があった。

──膀胱炎じゃなさそうだけど…。

念のため、獣医の診療時間と救急病院の場所を確認し、クロエの写真を撮って月島に送った。すぐには返信がなかったので、クロエのことを気にしながら掃除や餌の用意を進めた。

寝室に入ると、今日はウメがいつもの場所にいなかった。捜すと、布団の中にもぐりこんでいる。

──やっぱり寒いよね。

もう十月も下旬だ。近年の天候不順を思えば、急に凍えるような寒さが訪れてもおかしくない。

──暖房のことも月島くんに聞いておかないと…。

そう考えながら、多真は寝室の掃除を終え、テレビがある部屋へ移った。キクとフクは、今日はソファの上で寄り添いあっていた。けれども、多真が部屋に入ると、振り返ったキクのひげがフクの耳に当たり、そこから蹴り合いと殴り合いがはじまった。

「あ…っ、やめなさい」

大声を控えつつ、多真はくんずほぐれつの乱闘を仲裁しようとした。

前足が片方しかないフクが圧倒的に不利だと思ったのだ。

しかし、多真の予想に反して、フクはキクをソファから蹴り落とすと、なぜか自分もソファから飛び降りて、爪先立ちになって、ステップを踏むような足取りで室内を横断していった。

「…なに？」

キクは、フクのダンスに喝采を送らなかった。かろやかに本棚に飛び乗り、知らん顔を決め込む。フクは、どすんと床に横になり、自分の手足を激しく舐め回した。

――なんなの？　ケンカ…じゃなくて、じゃれあい？

ちらりと本棚の上のキクの様子をうかがうと、こちらは優雅に毛づくろいをしている。フクの攻撃を許したというより、もうすっかり忘れてしまったようだ。

「忘れっぽい…？」

首をかしげた多真の耳に、キッチンから不審な物音が聞こえてきた。

「ゲッ、ゲッ、ゲッ…」

急いでキッチンに様子を見に行くと、床の上のクロエが、手足を縮めて座り、首を落として苦しげにえずいている。

「ク、クロエ…!!」

多真は、背中を撫でようと手を伸ばしたが、途中で思いとどまった。人間が嘔吐するときには、背中をさすることがあるが、そうした接触を嫌う人もいる。まして猫ならば、多真の知らない対処法があるのかもしれなかった。

――月島くんに電話を…。

多真は、クロエから目を離さずにスマートフォンを取った。

仕事中で応答がないかもしれないが、このままクロエを見ていることはできなかった。

『はい。もしもし？』

月島が出た。

多真は、思わず叫んだ。

「クロエが吐きそうなの！」

『何回も吐いた？　よだれは？　痙攣してる？　前足で口元を引っ掻いてない？』

「ない。よだれも痙攣もしてない。…まだ吐いてない…」

『じゃあ見ていて。クロエが嫌がらない距離で。吐いたら、出てきた物の写真を送って』

「わかったわ」

多真は、息をつめてクロエを見守った。

クロエは大きく体を波打たせ、直後に細長い塊を吐き出した。塊は黒っぽく、クロエは弾かれたように立ち上がると、寝室に駆け込んでいった。

多真は、その塊の写真を撮って月島に送った。

返事が来る前に、まじまじと吐しゃ物を観察する。

――餌、…と、…糸？　ううん、…クロエの…毛？

多真は短い逡巡の末、ポリエチレンの手袋をはめて、生ぬるくやわらかい感触や臭いに耐えながら塊をほぐした。

猫が、自身の毛の塊を吐くことは、知識として知っている。

そして、吐しゃ物は、やはりクロエ自身の毛が固まったものだった。

『毛玉だと思うんだが』

月島からＬＩＮＥで返事があった。

『そうね。毛玉みたい』

多真は、嫌悪の反応を覚悟して、ほぐした吐しゃ物の写真を送った。月島からは、安堵をもたらす答えが返ってきた。

『吐いたのが毛玉なら、すぐ獣医へ行く必要はないよ。しばらく様子をみて。十回以上吐くとか、えずいても何も出ないようなら、毛玉が詰まっている可能性もあるけど』

――しばらく…って、どれくらい？

多真は、壁の時計を見た。

時刻は午後九時だ。

まだ帰れない。いや――一時間後、あるいは二時間後に帰ったとして、夜間に異変が起きたらクロエを助けられない。

だが、同じ家の中にいれば、たとえ眠っていても気づけるだろう。

多真は、すこし考えた。

それから勇気をふりしぼって尋ねた。

『ここに泊めてもらいたいんだけど、だめかな？』

返事は、すぐに来た。

『いいよ。いつまで？』

『月島くんが帰ってくるまで』

自宅に泊まり込みたいという多真からのＬＩＮＥを見た瞬間、月島はガッツポーズをしてしまった。

泊まり込みという形は理想的だ。できれば自分のほうから頼みたかったが、いくら猫が心配だからとはいえ、そこまで頼む図々（ずうずう）しさは持ち合わせていなかった。

それが、多真のほうから申し出てくれた。

月島の胸は感謝でいっぱいになった。

同時に、昨日、買ったバッグが無駄にならずにすんだと安堵した。

たまたま、多真が以前、ほしいと別の同期に話していたバッグを見つけてしまったのだ。

そして、自分でも驚くほど迷った末に購入した。

感謝のしるしとして。

あるいは、おみやげとして。

たぶん多真は遠慮するだろう。

月島の家に、部屋着と称して中学時代のジャージを置き、おみやげと言って拾ってきた猫を置き去り、そのまま放置した、自称常識人の妹に知られたら、ののしられることが確実だ。

どうかしている、と自分でも思う。

だが、フクを拾って、飼いはじめたときも、そう思った。

だから、どんな結果になっても、過程を楽しもうと考える。

そう――いまは、とても楽しみなのだ。

日本に帰って、猫たちに会うことが。そして、多真に会うことが。

Cafeトラ猫のマスターは猫を愛しすぎている
秋杜フユ

Ｃａｆｅトラ猫のマスターの一日は、まだ夜も明けきらぬ早朝から始まる。

薄手のカーテンからほのかな光が差しこむリビングで、ソファ横に立てかけられた姿見の前に立ち、立て襟シャツのカフスボタンを留める。臙脂色のアスコットタイを締め、グレーのベストを着用してから、燕尾服を羽織った。

ダイニングテーブルに置いてあった懐中時計を取り、燕尾服の内ポケットにチェーンを留めつつ時刻を確認すれば、午前五時を少し過ぎたところだった。

黒の革靴を履いて水色の玄関扉へ手をのばす。音を立てないよう、くすんだ金のドアノブをゆっくり回し、慎重に扉を押し開けると、隙間から、茶色いフサフサとしたものが見えた。薄い茶色にこげ茶の縞模様の猫が、玄関前に置いてある餌を食べているのだ。

猫の存在に気づいたマスターは見開いた目をキラキラと輝かせ、しばしそのままの状態で猫の食事風景を観察する。よほどお腹がすいていたのか、猫は覗かれていることに気づいていない。もう少しだけ、近くで見たい——マスターが隙間をわずかに開いたその時、猫がはっと振り返った。

透き通った琥珀の瞳とかち合ったかと思えば、目にも留まらぬ速さで走り去ってしまった。取り残されたマスターは、中途半端に開いていた扉を開ける。シルバーフレームの眼鏡の奥、涼しげな目元をわずかに歪ませながら、先程まで猫がいた場所を見つめていたが、餌皿がまるで洗いたてのようにきれいであることに気づき、途端にほんわりと笑みを浮かべた。

　それぞれ水と餌が入っていた小皿ふたつを拾い上げると、マスターは屋内へと引っ込んでいく。さほど間をおかずに戻ってくると、ふたつの小皿を元の場所に戻し、玄関の鍵を締めて外階段を降りていった。

　ふたつの小皿には、それぞれ、なみなみと張った水と、キャットフードがこれでもかと盛ってあった。


「子離れ……と言っていいのかわかりませんが、そういうのって、どうしたらできると思いますか？」

　最近行きつけとなりつつあるＣａｆｅトラ猫で、都子は困っていることがあると前置きしてからマスターに問いかけた。

　カウンター奥でサイフォンのアルコールランプに火を灯すマスターは、すこし長めの黒髪をオールバックにし、ベストに燕尾服、立て襟のシャツにアスコットタイという、喫茶店の店主よりも執事といったほうがしっくりくる出で立ちをしていた。落ち着いた雰囲気をまとってはいるが年老いているわけではなく、年齢は三十代半ばくらいだろうと思われる。

そんな、子離れ以前に結婚すらしていない可能性のある男性相手に、なぜこんな質問をぶつけたのかというと、ただ純粋に都子が困り果てていたからだ。

「実は私、電車通学を始めるまで独りで出歩くことがなかったんです。どこへ行くにも車で送迎で、車を降りてからも、基本的に運転手がそばに付いていてくれていました」

幼稚園入学のときに都子付きとなった運転手――堂本は、もうひとりの祖父ともいえる誰よりも自分のそばに居てくれた保護者だった。

話を聞いていたマスターは「なるほど、それで……」とつぶやいて視線を出入り口へと向けた。つられて都子も視線を向けたが、板チョコに似た扉は開いていないし、扉横の大きな窓にも人影はない。不思議に思ってマスターへと視線を戻せば、彼は「お気になさらず」と微笑んで続きを促した。

「電車通学を始めてからも、家から駅までは車で送迎してもらっているんです。それで、車から降りたときにですね、毎回涙ながらに言うんですよ……『何かあったら、すぐに、私めを呼んでくださいませ』と」

溢れる涙をハンカチで拭うまでならいい。その後、駅へ歩いていく都子の背中を見送りながら、ギリギリとハンカチを噛むのはいかがなものかと思う。

「ずっと見守ってきた私が離れていくのが寂しいのだろうと思って、気にしないようにしていたんですけど……二週間経っても変わる素振りがなくって……」

都子が電車通学を始めたいと話したとき、堂本は「ついにお嬢様が自らの足で移動するように」と喜んでくれていたのに。

静かに聞き役に徹してくれていたマスターは、「それで子離れ、ですか」とつぶやき、シルバーフレームの眼鏡のブリッジを中指で持ち上げ、位置を直した。

「お客様の憂いは晴らしたいのですが、あいにく、私はまだ結婚すらしていない身でして、有用な助言は持ち合わせておりません。私が知っていることといえば、猫の子育ては親猫が子猫をかわいいと認識しなくなったら終了する、ということくらいです」

どうしてここで猫が出てくるのか——戸惑ったものの、せっかく相談に乗ってもらっている身で、いちいち指摘するべきではないだろうと判断した。

「いっそのこと、お客様が運転手様の態度に慣れてしまうほうが早いように思います」

そう言って、マスターはホットコーヒーが入ったカップをカウンターに置いた。都子はミルクを注ぎながら「慣れる……慣れるか。確かに、そのほうが早いかもしれませんね、うん」と自分を納得させる。

「ところで、どうしてまた、電車通学をしてみようと思われたのですか?」

「春実が言い出したんです。二十歳を迎えたのだから大人の一員としてもっと自立するべきだと」

春実とは都子の幼馴染で、幼稚園から大学までずっと同じ学校に通っている。その春実はいま、ここにはいない。大学で講義を受けている真っ最中だからだ。都子と春実は一緒に通学しており、帰りの時間が合わなかったときは大学構内で時間を潰していたのだが、Ｃａｆｅトラ猫の開店時間である二時を過ぎていたので、こちらで過ごすことにしたのだ。

「話を切り出されたときは、またおかしなことを言い出した、と思ったんですけどね。今となっては感謝してます」

　吐息混じりにつぶやいて、都子はすべての始まりであるあの日のことを思い出した。


　場所は大学のカフェテリアだった。北側は一面ガラス張りとなっており、まだ梅雨が明けきらない薄曇りの空と、広大な敷地を活かした緑豊かな広場が望めた。昼下がりの講義の合間を利用して、最近並び始めた夏の新作スイーツをいただいていたのだが、唐突に春実が語りだしたのだ。

「私たちも二十歳を迎えたわ。つまり、大人の仲間入りをしたということよ。いつまでも親のお金のお世話になっていないで、少しは自分で稼げるようにならないと」

　都子と春実はいわゆるお嬢様だ。幼稚園から大学までエスカレーターの女子校に通い、どこへ行くにも車で送迎が当たり前。親のお金の世話になるならない以前に、自分でお金を払う機会は学食くらいしか恵まれず、おかげで溜まりに溜まったお小遣いは資産運用にまわしていた。社会勉強の一環である。

「そうだ、資産運用で利益を出しているわよ？」

　失敗したこともあるが、いまのところ順調に資産は増えている。ただ残念なことに、増えたところで結局使う機会に恵まれず、運用資金に上乗せするだけなのだが。

「資産運用といっても、もとは両親からもらったお小遣いでしょう！　そうじゃなくて、自らの労働の対価としてお金を得るべきだと言っているの！」

　拳を握りしめて熱弁され、都子はそれも一理あるなと納得してしまった。

「自分で稼ぐとは、具体的になにをすればいいの？」

「バイトよ、バイト！　アルバイトをすればいいのよ！」

　バイトと聞いて思い浮かんだのは、テレビでよく流れるＣＭだった。一言にバイトと言っても事務や接客、警備員にいたるまで、多種多様な職種があるんだなと思ったものである。

「それとね、大学への通学も車の送迎じゃなくて、電車にするべきだと思うの！　私たち、学校の遠足以外で電車に乗ったことなんてないでしょう？」

「遠足で乗った電車も貸し切りだったような……」

「とにかく！　いまどき小学生でも電車通学しているんだから、私たちにできないはずはないわ！　将来立派な社会人になるために、学生の間にいろんな経験を積むべきだと思うの！」

「……まぁ、確かに、学生の間にしかできない経験があるとは思うけれど……自立を目指すきっかけなんていままでいくらでもあったでしょう。電車通学とかアルバイトとか、どうして急に言いだしたの？」

二十歳というのは、確かに節目と言えるだろう。けれども、電車通学なんて二十歳を待たずとも大学進学と同時にできたはずだ。どうしていま、このタイミングなのか。

「それは……」と言いよどむ春実をじっとりとにらめば、彼女は肩を落として白状した。

春実の友人の中に、大学進学とともに電車通学とアルバイトを始めた子がいたそうだ。最初こそ友人は新しい環境に戸惑っていたらしいが、徐々に慣れていき、いまでは自信に満ち溢れた凛とした女性になったという。

「つまりは自分もそのお友達みたいに格好良くなりたいと」

「お願いよ、都子！　私ひとりだと心細くて勇気が出ないの。というかそもそも、都子が一緒じゃないと両親から許可がおりないわ」

「そんなことだろうと思った」

両手を合わせて懇願する春実を、都子は半目で見つめた。都子と春実は両親同士が友人ということもあり、赤ん坊の時から一緒に育ってきた幼なじみである。自分たちどちらかひとりでは許されないことも、ふたりなら許可が下りることはこれまでにもあった。

結局、都子は了承することにした。電車通学にしてもアルバイトにしても、いい社会勉強にはなると思ったからだ。

　翌日からさっそく始まった電車通学。初めての普通電車に揺られて降り立った最寄り駅の、駅前商店街で、都子はＣａｆｅトラ猫を見つけたのだ。


　話し終えた都子は、ソーサーに添えられていたスプーンでコーヒーをかき混ぜる。ミルクが溶けたのを確認してスプーンを持ち上げると、つぼの部分に描かれた猫の顔と目があい、ついつい笑みがこぼれた。

「マスターって、猫が好きですよね」

　しみじみとつぶやいて、視線を巡らす。ランプを思わせる橙色の明かりに照らされた店内は、出入り口から奥にむかって縦に長く、カウンター席をもうけるだけで店が埋まっている。他は扉横の窓際のテーブル席しかなかった。

　カウンター奥の壁は一面棚となっており、半分はコーヒーカップが、もう半分は多種多様な銘柄の酒瓶がずらりと並んでいた。Ｃａｆｅトラ猫は、昼はカフェとして、夜はバーとして営業しており、営業時間も午後二時から午後十時までだった。

　落ち着いた雰囲気の店だが、マスターの猫愛にあふれており、店内のいたるところに猫が隠れていた。今だって、カップを持ち上げたらソーサーのくぼみに猫が現れた。大人な店の雰囲気と可愛らしい猫のギャップがたまらない。

「マスターは、どうしてここでカフェをしようと思ったんですか？」

どこぞの名士が情報収集のために喫茶店を営んでいる、と言われても信じられる。そんなことを思いながら問いかければ、マスターはサイフォンを洗う手を止めて答えた。

「この商店街にたくさんの猫が住み着いていたからです」

また、まさかの猫だった、と、都子は笑顔のまま固まった。

本当はどうして喫茶店を営もうと思ったのかを聞きたかったのだが、質問の仕方が悪かったのだろう。先程の言い方ではどうしてこの場所を選んだのかという意味にも取れる。だとしても、駅近くとか学生客が見込めるとかあるだろうに、そこで猫を持ってくるところが、この人らしいといえばらしい。

「…………本当に、猫が好きなんですね」

つい先程同じようなことを言った気もするが、今度はマスターから「大好きです」という返答をもらった。心なしか表情がいきいきして見えて、本当に猫の側にいたい一心で店を構えたのだな、と実感した。

事実、Ｃａｆｅトラ猫が居を構える駅前の商店街には野良猫が多い。首輪をした猫もちらほら見かけるから、家と外を自由に行き来してのびのびと生きる飼い猫もいるのだろう。

「あ、そういえば、この店を発見したのもトラ猫を追いかけてでした」

あれは電車通学に初挑戦した日の出来事だった。大学の最寄り駅を降りてすぐ、駅前の商店街に初めて足を踏み入れたとき。

駅から国道までまっすぐ伸びる、車両通行止めのこの商店街は、コンビニやスーパー、弁当店といったチェーン店の他に、パン屋や惣菜店、靴屋や文房具店といった個人商店も軒を連ねていた。

朝の中途半端な時間だからか人影がまばらな商店街の隅に、猫を見つけたのだ。

薄い茶色にこげ茶の縞模様の猫は、はじめての電車通学に緊張し、心細さから春実と身を寄せ合っていた都子と違い、ふてぶてしいくらい堂々と歩いていた。こちらにお尻を向けて、ぴんと伸びた少し太いしっぽの先っちょだけくねくねと揺れる。なんだか誘っているように見えて、気がつけばあとを追いかけていた。

しばらく前を歩いていた猫が、右に曲がって建物の陰に消えた。家屋の間に入ってしまったのかと思ったが、歩行者が行き来できる程度の細い横道が続いていた。路地裏というのだろうか。道を挟む左右の店の裏口があるだけの薄暗い細道に猫の姿はなかった。

商店街から細道を覗き込んでいた都子と春実は、顔を見合わせた。ただでさえ土地勘がない場所だというのに、こんな暗くて細い道に飛び込んでいいものか迷う。けれども、都子は進むことを選んだ。ここを曲がったときの迷いない猫の足取りが、その、自信に満ちあふれた姿がどうにも気になったのだ。

幸いなことに、細い道はすぐに突き当たりにぶつかった。商店街とは打って変わって地面も壁も灰色ばかりが目につく細道で、突き当たりの建物だけが真っ白に浮き上がっており、都子と春実はしばし呆然と見つめてしまった。

洋風の可愛らしいたたずまいの建物は、深い焦げ茶の木でできた板チョコみたいな扉と、その隣に中がのぞけそうな大きな窓がついていた。反対隣には二階へ繋がる外階段があり、二階には水色のこれまたメルヘンチックな扉が見えた。

大きな窓の下にはころんと丸い鉢植えが並び、大小様々な植物が植えてあった。扉にはＣｌｏｓｅｄと書いた吊り看板がぶら下がっている。どんなお店なんだろうと都子は扉横の窓をのぞき込んだが、暗くて中の様子は確認できない。

「都子、これ」

声をかけられ、斜め後ろの春実へ振り向けば、彼女は鉢植えを指さしていた。示す先を目で追うと、鉢植えの緑に紛れて、木製の看板を見つける。木の板をちょこんとお座りする猫の形にくりぬいた看板には、焼き付けた文字でこう書いてあった。

『Ｃａｆｅ　トラ猫』

それが都子の、Ｃａｆｅトラ猫との出会い。

店名の通り、トラ猫が導いて紡いだ縁だった。

「あのトラ猫って、マスターの飼い猫なんですか？　ほら、店名もトラ猫ですし」

「毎日餌を与えてはいますが、飼い猫ではないんですよ。この商店街の猫たちは、餌場を点々として暮らしていて、どこかの家に住み着く、ということはあまりないみたいですね」

「商店街が家なんですね。じゃあ、あのトラ猫に名前はつけてないんですか？　店の前でよく見かけますし、飼ってはいなくても、頻繁に顔を合わせているんですよね」

「そんな、飼い主でもないのに名前をつけるなんてできませんよ！」

　思いのほか強い否定に、都子は面食らった。いつも餌を与えている猫にみーちゃんとかタマとか適当に呼び名をつけるのは不思議ではないと思うのだが——そこまで考えて、都子はあることに気づいた。

「なるほど。自分の飼い猫でもないのに名前をつけて束縛したくないんですね。さすが、マスター。猫を第一に考えてます」

　深い愛情に都子が感服していると、マスターは眉を下げてどこか困ったような、それでいて寂しくも見える笑みを浮かべた。

　どうしてそんな表情をするのか気になったものの、なんとなく聞いてはいけないような気がして、都子はコーヒーを口にした。途端、サイフォン独特の濃厚な味わいが広がった。

「はぁ……美味しい。最初、電車通学に誘われたときは不安しかなかったけれど、商店街には可愛い猫がたくさんいるし、お気に入りのカフェもできたし、やってみるもんですね」

少し強引になったが話題を変えると、マスターは「お気に召していただき、ありがとうございます」と表情を和らげた。

「そういえば、先程のお話では電車通学の他にアルバイトも始めるとおっしゃっていましたね。そちらはもう始められたのですか？」

「あぁ……はい、それについてはですね……」と歯切れ悪く答え、都子はカップを両手で包み込んでうつむいた。

「…………今日からです」

「今日？　今日が初出勤、ということですか？」

驚かせてしまったようで、マスターの声が若干上ずっていた。珍しいものを見たな、と思いながら都子はうなずいた。

春実と相談して決めたアルバイト先は、商店街の近くを横切る国道沿いのファミレスだ。大手チェーン店のため、マニュアルがしっかりしていて初心者向きだということが決め手だった。

「とりあえず、夏休みが終わるまでのお試しということで雇ってもらうことになりました」

　都子が通う大学の夏休みは八月から九月にかけての二ヶ月間だ。本人が希望すれば、短期から長期に変更可能だそうで、こういう柔軟な対応もこちらとしてはありがたかった。

「本当は、大学で春実と合流してバイト先へ向かうはずだったんですけど、独りでいると緊張と不安で平常心ではいられなくて……ここに来れば少しは落ち着けるかなと……」

「それは……余計なことを口にしてしまい、申し訳ありません」

「いえいえっ、マスターのコーヒーのおかげでずいぶん緊張がほぐれたんですよ。情けない話ですが、ここ数日は緊張のあまり食も細くなってしまって……」

　いまだって刻一刻と近づく瞬間に、胃がキリキリと痛んだ。そもそも、運転手云々の話も近々に迫る問題から目をそらしたいから持ち出しただけだった。とはいえ、悩ましいのは事実だ。

　身を縮こませながら、都子はソーサーに転がるティースプーンに描かれた猫の顔を見つめた。

「猫は家に住む、という話をご存知ですか？」

　また猫かぁ、と思いつつ、三度目ともなると驚くこともなく冷静に顔を上げた。

　カウンターの向こうに立つマスターは、やはり真剣な面持ちで続きを語る。

「飼い猫であれ野良猫であれ、人間を気に入って家にとどまるのではなく、その場所を気に入って住み着くのだそうです。ですから、引っ越しなどをすると飼い猫が前の家に帰ろうとしていなくなってしまう、と言われています。ですが飼い主が注意すれば、防ぐことは可能です」

「注意、ですか?」とほぼ無意識で問いかけると、マスターは「はい」と力強くうなずいた。

「私がお聞きした対策のひとつは、三日ほど猫を家から出さないようにしたというものです。そうすると、猫は新しい家に慣れて、外に出しても昔の家に帰ろうとはしません」

「なるほど、そうなんですね」と、都子は感心したが、すぐに疑問が生まれた。

これは、いま話すべきことだろうか。

ついさっきまで、初めてのアルバイトに緊張していると話していたのに、それがどうして飼い猫の引っ越し方法へつながるのか。

わけが分からず戸惑う都子の前に、マスターは小皿をひとつ差し出した。

「新しい環境に慣れにくいと言われる猫でさえ、数日で慣れるのです。いまは緊張でいっぱいいっぱいかもしれませんが、お客様もいつか、新しい環境に慣れます。ご安心ください」

「サービスです」と告げてカウンターに置かれたのは、猫の形のクッキーを数枚盛り付けた小皿。ちょこんとおすわりする猫の形は、Ｃａｆｅトラ猫の看板と同じだった。

都子は暫くの間クッキーとマスターの顔を交互に見つめていたが、やがて一枚取って口に含む。途端にバターの香りが広がり、サクサクと軽妙な音ともにまるやかな甘みが残った。

「……うん、美味しい」

緊張で凝り固まった身体をほぐす、優しい味だった。

ずるずると続いた梅雨が明け、分厚い雲ではなく青空が目立つようになった頃。

一週間ぶりにＣａｆｅトラ猫を訪れた都子に気づくなり、カウンター奥のマスターはふんわりと微笑んだ。

「はじめてのアルバイトは、うまく行っているみたいですね」

「はい。その節はご心配をおかけしました」

カウンター席に腰掛けた都子は、おしぼりを受け取りつつアイスコーヒーを注文した。

しばらくして出てきたアイスコーヒーは、背の高い寸胴型のガラスコップに入っており、側面には黒猫が足跡をつけて歩くイラストが描いてある。ちなみに、コースターは三毛猫の顔だ。

梅雨も明けて本格的に暑くなってきたというのに、今日もマスターは燕尾服に身を包んでいた。冷房が効いた室内とはいえ、汗ひとつにじまない涼しげなたたずまいは、相変わらず執事にしか見えない。

　都子は紙製のストローでコーヒーをかき混ぜながら、アルバイトについて話しだした。

　マスターの独特な励ましのおかげで、幾分か緊張を和らげて挑んだアルバイト初日は、チェーン店らしいしっかりしたマニュアルのおかげでおおむね順調な滑り出しとなった。

　バイト仲間にも恵まれたようで、なかなか緊張がとれない都子に、代わる代わる声をかけたり、自分たちの失敗談などを語っていつかは慣れると励ましてくれた。

　もともと明るく社交的な春実などは、勤務開始三日目にして職場の仲間たちと打ち解けていたようだが、都子の方も、わからないことを質問するうちに徐々に打ち解け、いまでは仲間たちと世間話できるようになっている。

「マスターは、お子様ランチって見たことありますか？」

　カウンター奥で片付けをしていたマスターは、手を止めてこちらへと振り向き、「飲食店を営むものとして、一通りの料理は食したことがございます」と答えた。

「私、ファミレスでアルバイトをして、初めて見たんです。お子様ランチ」

　最初こそマスターは目を見張ったが、都子を包む世界がどんなものか察したのだろう。すぐにいつもの表情に戻った。

「小さな頃に読んだ絵本でお子様ランチというものを知ってから、密かに憧れがあったんです。でも、それを食べる機会に恵まれなくて……大人になったいま、やっと実物を見ることができました」

　都子の世界では、外食といえばコース料理かパーティーでのビュッフェだった。

「バイト仲間にその話をしたら驚かれて、冗談でまかないとして出そうかって言われたときは、ちょっと心惹かれました」

　照れ笑いを浮かべながら、都子はグラスのコーヒーを飲み干す。グラスの底に現れた肉球マークに、思わず笑顔になった。

「マスターって、本当に猫が好きですよね。いっそのこと、猫カフェを開いたらよかったのに。そうすれば、ずっと猫と一緒にいられますよ」

　落ち着いた大人な雰囲気の店内に、ちょこちょこと猫が見え隠れする現状も十分気に入っているのだが、マスターの猫愛をひしひしと感じるたびに、もう猫カフェにすればいいのでは、と思ってしまうのだ。

　猫と一緒のとき、マスターはどんな態度を示すのだろう。いつもどおりクールに対応するのか、それとも、甘ったるく構い倒すのか。

　ぜひ見てみたい――そう思いながらマスターへ視線を向ければ、彼は自らの手元を見ながら儚く笑った。

「私は、猫を束縛したくないのです。本人が望むならともかく、無理やり縛り付けるようなことはしたくありません」

「……まぁ、確かに。慣れてない人間に触られて、猫のストレスになると問題になったりしますものね」

　ちゃんと猫を最優先に考える猫カフェもあるし、マスターであれば売上よりも猫を優先する運営ができると思うのだが。だとしても猫のストレスになることはしたくないのだろう。猫を愛するマスターらしい考えだ。

「トラ猫に餌は与えても飼い猫にしないのは、束縛したくない、という考えがあるからなんですね」

「私にできることは、餌をおいておくだけですので」

　まるで叶わぬ恋に焦がれているような言い方が気になって、都子は「大丈夫ですよ」と声を強めた。

「猫は賢い生き物ですから、誰がどれだけ自分を大切に思っているか、きちんとわかって行動するんです。店の周りでよくトラ猫を見かけますし、あの子はマスターのことを特別な人だと認識していますよ。この間も外階段の踊り場で気持ちよさそうに寝転がっていましたし、そのうち家の中にも入ってくるんじゃないですか」

　その様子を想像したのか、マスターは目を見開いて固まった。

「そ、そんなことになったら……私は猫を家に閉じ込めてしまうかもしれません」

　震える声でつぶやいて、胸元で布巾を両手で握りしめた。頰を染め、目を潤ませて視線を落とすさまは、まさに恋する乙女である。

「……本当に、猫大好きですね」

恍惚とするマスターに、都子のつぶやきは届かなかったらしく、いつもの「大好きです」は聞けなかった。


気温がぐっと高くなって日差しが肌に刺さる八月。大学が夏休みに入ったことで、都子と春実はスケジュールを合わせづらくなり、バイトも別々の日がほとんどになっていた。

「お願いしまーす！」

厨房の声に呼ばれてバックヤードへ戻ってきた都子は、カウンターに並ぶ料理を運び始める。

ずいぶん慣れたとはいえ、料理を運ぶときは緊張する。ドリンクバーなどで店内を歩く客が多いからだ。とくに幼い子供は走り回ったりするため気が抜けなかった。

「ご注文の品は以上でよろしかったでしょうか」

運び忘れや注文ミスがないか確認してから、伝票をテーブルに置いた。バックヤードへ戻ろうとしたところでチャイムが鳴ったため確認すれば、会計の呼び出しだった。

いまは午後八時少し前。ピーク時間を迎える店内は客であふれかえり、都子を含めた店員たちはひと息つく暇もなく動き続けている。人にぶつからないよう気をつけつつ都子がレジへむかう間にも、三組ほどの客が列をなしてしまった。

「お待たせいたしました。お会計は、千百八十円です」

伝票をレジに通して金額を伝えると、スーツ姿の男性は五千円を差しだした。

「五千円入りましたー！」

マニュアル通りに声を出すと、バックヤードで「五千円入りましたー！」と復唱された。

三千円を渡してから、細かいおつりを用意する。量が多いので少々時間は掛かったが、間違いがないことを確認してから客へ渡した。

「ねぇ、おつりは？　まだ足りないんだけど」

つかの間の達成感に浸っていた都子を、スーツの男性の言葉が現実に引き戻した。もしや小銭が間違っていたかと慌てて確認しようとすれば、彼は思いもかけないことを言い出した。

「お札、三千円！　まだ返してもらっていないよ」

「え……いや、お札は最初にお返ししましたよ」

「んなわけねぇだろ！　もらってないって俺が言ってんだから、もらってねぇよ！」

スーツの男性が声を荒らげた。態度の豹変に都子が身をすくませると、騒ぎを聞きつけた男性店員がバックヤードから駆けつけた。

「失礼いたします。お客様、いかがなさいましたか？」

男性店員はさりげなく都子を背中に庇(かば)い、スーツの男性から事情を聞いた。

「いかがもなにも、そこの店員が釣り銭をよこさねぇんだよ。三千円！」

振り返った男性店員に、都子は「ちゃんと渡しました」と震える声で答えた。

「ほら見ろよ！　財布に三千円なんて入ってないだろう。お客様の言うことが信じられないんですかぁ？　それとも、この店は釣り銭をネコババするような店員を雇っているんですかぁ!?」

スーツの男性は店中に聞かせるように声を張り上げた。疑ってこそいないのだろうが困惑を隠せないまま振り返る男性店員に、都子は首を横に振るしかできない。

ふたりの態度にしびれを切らしたのか、スーツの男性はスマホを取り出した。

「あ～あ、話になんないわ。だったらもう、警察呼ぶ？　警察にこの子泥棒ですって突き出したっていいんだよ？」

どんどん大きくなっていく事態に男性店員が「いやっ……あのっ……」とうまく対応できずにいた、そのときだった。

「あんた、いい加減にしなよ！」

スーツの男性の後ろに並んでいた中年の女性が、鋭く言い放った。

突然の乱入者にスーツの男性も都子たちも唖然(あぜん)としてしまったが、そんな彼らを無視して前に出てきた女性は、立ちふさがるようにレジの前に立った。

「さっきから聞いていればとんちんかんな主張ばかり。あんたの悪行を誰も見ていないと思っているのかい？　私はちゃんと見ていたよ、小銭をもらう前に三千円受け取っていたじゃないか！」

「なっ、なに言い出すんだばばあ！　だったらどこにその三千円があるってんだよ！」

「ズボンのポケットに突っ込んでたじゃないか！　丸見えなんだよ真後ろにいたんだからね。スーツ着てるってことは、あんたどこかで働いているんだろう？　職をもったいい大人がこんなことして、なっさけないったらありゃしないよ」

スーツの男性のズボンのポケットを指さし、女性は言い放つ。その後、両腕を組んで大げさなほど嘆息した。

「せっかく孫との楽しいお出かけだってのに、こんなこそ泥に出くわすなんて。孫の教育に悪いから、これ以上騒ぐんだったら警察でやっておくれ。いまどきのファミレスならレジ周りに防犯カメラのひとつやふたつついているだろう。それを確認すれば一瞬さ」

指摘されて思い至ったのか、スーツの男性は天井の防犯カメラを見上げた。

「……くそっ、こんな店、二度と来るか！」

捨て台詞を吐いて出て行く背中に、女性は「二度とくるんじゃないよ！」と追い打ちをかける。まるで塩をまくみたいだな、と都子がどうでもいいことを考えて現実逃避していると、女性がくるりと振り返った。誇らしげな、それでいて優しい笑みを浮かべる女性と目が合い我に返った都子は、大慌てで頭を下げた。

「あ、ありがとうございます！」

深々と頭を下げると、女性が「いいんだよぉ」と笑い混じりに答える。

「悪いことをするやつには、きちんと悪いって言う。至極真っ当なことを孫に教えただけさ」

そう言って、女性は自らの足にしがみつく男の子の頭を撫でた。女性の孫なのだろう。背後から彼女にしがみつき、ひょっこりと顔を覗かせていた。

「怖い想いをさせてごめんね。あなたのおばあちゃんのおかげで、もう大丈夫になったから安心してね」

都子が精一杯優しく笑いかけると、男の子は笑顔でうなずいてくれた。

助けてくれた女性や、その後ろで待っていた客の会計を手早く済ませ、事件が起こった実感も解決した安堵も覚える暇なく動き続けている間に、勤務時間が過ぎ去ってしまった。

バイト先を出て、都子はひとり商店街を歩いていた。駅前とはいえ、八時半ともなると個人商店は閉店しており、営業しているのは駅近くのコンビニやスーパーといったチェーン店ばかり。商店街の出入り口付近はシャッターが目立ち、街灯の明かりがぽつぽつと道を照らすだけで、聞こえてくる音も時折走る電車の音くらいだった。

なんだか、取り残されたみたいだ。

漠然とそう思ったとき、足下に柔らかいものが触れた。はじかれたように下を見ると、いつものトラ猫がいた。

トラ猫は都子の足に顔をすりつけた後、立ち尽くす彼女を誘うように前を歩き出した。相変わらず高く持ち上がった尻尾が楽しげで、考えるより先に都子は後を追いかけた。

たどり着いた先は、やはりというべきかCafeトラ猫の前で、案内してくれたトラ猫は外階段を登っていった。餌を食べに行ったのだろう。

ひとり取り残された都子は、明かりが灯るCafeトラ猫へと視線を向けた。板チョコに似た扉には、Openの吊り看板がぶら下がっている。

Cafeトラ猫には何度となく通ってきたが、バータイムは来たことがなかった。なにかしらお酒を口にする機会はあっても、わざわざ店に行ってまで飲みたいとは思わなかったからだ。

でも、なぜだろう。窓から漏れる橙色の暖かな光を見ていたら、このままひとりで帰りたくないと思ってしまった。

「いらっしゃいませ」

思い切って扉を開くと、いつも通りのマスターがそこにいた。カウンターにはカップルが一組だけ。昼間より控えめな照明に照らされた店内は、ジャズの音色と相まって大人な雰囲気が増していた。

　カップルからふたつほど席を空けてカウンターに腰掛けると、おしぼりが手渡された。

「こんばんは。バータイムに来店されるのは初めてですね。ありがとうございます。バイト帰りですか？」

「あ、えと、はい。商店街を歩いていたら、トラ猫を見つけまして。それで、その……」

「追いかけてここにたどり着いたんですね。うちの呼び込みは優秀でしょう」

　冗談交じりに言い当てられて、都子ははにかんだ。

　手渡されたメニューブックには、昼と違ってカクテルの名前がずらりと並んでいた。カクテルに詳しくない都子は、どれがどんな味でどの酒が強いのか弱いのかもわからない。

「よろしければ、私が選びましょうか？」

「すみません、全然わからなくて……よろしくお願いします」

　メニューブックを返しながら頼むと、マスターは「お任せください」と笑みを浮かべ、カクテル作りに取りかかった。

　なにを作ってくれるのだろうと観察していると、マスターはサイフォンのアルコールランプに火をつけた。カクテルなのにコーヒー？　と疑問に思っている間にも、手際よく作業を終わらせて、カウンターにグラスが出される。

「お待たせいたしました、アイリッシュコーヒーです」

深めのワイングラスに取っ手がついたような変わった形のグラスには、コーヒーが三分の二ほど注がれ、分厚い生クリームがふたをしていた。ウインナーコーヒーに似ているが、それにしてはクリームの層が厚い。

「コーヒーに砂糖とウイスキーを入れ、生クリームをかけました。ぜひ一口目は混ぜずに味わってください」

薦められるままに、都子はグラスに手を伸ばした。グラスにはとくに猫のイラストは入っていないが、持ち手の部分が伸びをする猫の形になっていたことに気づく。黒いコースターは猫の顔の形をしていた。昼よりは控えめなものの、相変わらずな猫づくしに力が抜けた。

グラスを口元で傾けると、冷たい生クリームが流れ込んできた。続いて、アルコールの香りが鼻を通り抜けたかと思えば、温かいコーヒーが流れてくる。コーヒーの苦みとウイスキーの苦みが口に拡がったが、同時に甘みも感じられる。生クリームだけでなく、コーヒー自体も甘いようだ。そういえば砂糖を入れたと言っていた。

ウイスキーの香りはしっかり感じられるが、だからといってお酒を飲んだという衝撃はない。リキュールが利いたケーキを食べたときのような、大人のとっておきのおやつを口にした気分だった。

カップを口から離して、生クリームが口ひげのようについていることに気づいた。慌ててカウンター隅に設置してあるペーパーナプキンを一枚出すと、容器に隠れていた折返しの部分に猫のイラストを見つけた。新たな猫の発見に、都子はふふっと笑みをこぼしながら口元を拭った。

「お気に召していただけたようですね。今夜は少し、沈んでいらっしゃるように見えたので……緊張がほぐれたようでよかったです」

　はっとして顔を上げれば、マスターが柔らかく微笑んでいた。

　どこまでも見透かされていて、都子は頰を染めてうつむいた。どうやら、今日の出来事に少なからずショックを受けていたらしい。いまさらながら震える指先をごまかすように、ほんのりと温かいグラスを両手で包んだ。

「……今日、ちょっと、バイト中にいろいろあって……」

　アイリッシュコーヒーで身体が温まったからだろうか。いつのまにか今日の出来事を話していた。

「大丈夫ってわかっていたんですけど、やっぱり気持ち悪かったので後で防犯カメラの映像をチェックさせてもらったんです」

「問題はなかったのでしょう？」

「はい。ちゃんと、三千円は渡していました」

　映像を確認して、やっとまともに息ができた気がしたのだ。

「自分がどうとかではなくて……なんというか、衝撃だったんです。こんなこともあるんだな、と」

物騒な話はニュースや噂話で聞いたことがある。でも、自分が当事者になるとは思わなかった。

「哀しい話ですが、どこにでもそういう輩は存在します。今回とは逆に、支払い時に五千円を渡したにもかかわらず、レジ担当が千円しかもらっていないと嘘をついて差額を懐に入れてしまい、客側は自らの主張を証明できず泣き寝入りするしかなかった、という話もありますから」

釣り銭を盗もうなんて、とうてい思いもつかない。啞然とする都子に、マスターは優しく目を細めて人差し指を立てて見せた。

「これからもアルバイトを続けるであろうお客様に、ひとつ、アドバイスというか、対策をお教えしましょう。会計をされるときは、先に細かい方から渡すといいですよ」

「小銭から、ですか？　でも、マニュアルでは……」

「確かに、よくマニュアルなどではお札から返すように指示されますよね。ですが、今回のような相手にだまされた場合、お札を盗まれるのと、小銭を盗まれるの、どちらの方が痛手が少ないですか？」

「小銭、です」と答えると、よくできましたとばかりに、マスターは大きくうなずいた。

「ささやかな違いではありますが、なにもせずに漠然と不安を抱えるよりは、対策を講じた、というだけで前向きに仕事ができるのでは、と私は考えます」

なるほど確かに。なにもせずにもんもんとするくらいなら、こうやってささやかでも対策を考えた方がずっと有意義だ。

「ありがとうございます。本当に、前向きな気持ちで次のバイトに向かえそうです」

少し気持ちが上向きになって、アイリッシュコーヒーを口にする。甘くて苦い大人の味がして、都子はまた笑みをこぼした。

「これ、美味しいですね。心まであたたまる気がします」

「そう言っていただけてよかったです。そうだ、お客様にもうひとつ、とっておきのお話が」

とっておきのお話とは、いつもの猫話だろうか。視線を手元のカップからマスターへと移せば、彼は優しい笑みとともに出入り口へと顔を向け、何やら会釈をした。

誰か常連客でも来たのだろうか、と都子も振り向けば、ちょうど扉が遠慮がちに開き、顔が覗いた。見知った顔に、都子は思わず「あ」と声を漏らす。

意を決したように扉の向こうから全身を現したのは、グレーの細身のスーツを着こなし、白髪が交じる髪をきっちりセットした初老の男――都子付きの運転手、堂本だった。

「お嬢様、お迎えにあがりました」

都子はぱちぱちとまばたきをしながら、頭は目まぐるしく動いていた。どうして彼がここにいるのか。そして、どうしてマスターが彼を知っているふうなのか。

その時、ふと、思い出した。いつだったか堂本の話をしたとき、マスターが納得しながら外を見つめていたことを。

「まさか……堂本、あなた私のあとをつけていたの!?」

「も、申し訳ございません。ですが、私めはお嬢様のことが心配で心配で……。決してお嬢様が頼りないというわけではなく、ただ、私めがお嬢様の状況を把握していないと落ち着かないだけなのでございます」

堂本は身を縮こませながら答えた。初老の男性に所在なさげにされると、自分が大人げないことをしている気分になる。都子は盛大なため息とともにかぶりを振った。

「……もういい。怒っていないから、堂本も隣に座って頂戴。まだ飲み終わっていないの」

堂本はほっと表情を和らげて、都子の隣に腰掛けた。慣れた様子で注文する彼を見て、都子がいないときに通っていたのだと悟った。

頬杖を付きながら、自立ってなんだろうと考える。せっかく新たな世界を自分の力で切り開こうと頑張っていたのに、見守られていたなんて。恥ずかしいような、情けないような――でも、自分には味方がいるんだと実感できて、なんだかとても、心強かった。

美味しそうにコーヒーを飲む堂本に、都子は「ねぇ」と声をかける。

「今度は、堂本も一緒にお酒を飲みましょうね」

　わずかに目を瞬かせた堂本は、「その時は、誰に運転を任せましょうかねぇ」と微笑んだ。


　事件から数日、初日とは違う緊張感をはらんでバイトに挑んだ都子は、店長やバイト仲間の気遣う言葉と、マスターの助言のおかげでなんとか事件のことを引きずらずに仕事に取り組むことができた。

　いつの間にかバイト帰りにＣａｆｅトラ猫へ通うことが恒例となり、バータイムに顔を出したときはアイリッシュコーヒーを頼むのもお決まりだった。そしてゆっくり飲んでいる間に堂本が迎えに来るのもお約束である。

　ただ、一緒に飲もうという約束は未だ果たされていない。なんでも、いっときとはいえ大切な都子を預けるに値する運転手が見つからない、とのこと。子離れはまだまだ遠いと思われる。

　そんな充実した日々はあっという間に過ぎて、猛暑日という言葉をテレビで見ないですむようになってきた九月中頃、都子はＣａｆｅトラ猫の板チョコに似た扉を勢いよく開け放った。

振り返ったマスターはいつもと違う様子の都子を見てわずかに目を見張ったものの、すぐにいつもの表情に戻った。

「いらっしゃいませ」

カウンターに腰掛けた都子に、マスターがおしぼりを差し出した。都子はアイスカフェオレを注文しながら受け取る。厳しい暑さの中歩いてきたというのに指先は冷えていたらしく、おしぼりのぬくもりが心地よかった。全身から余分な力が抜ける気がする。

「今日のお客様はずいぶんとお心を乱されているようにお見受けします。普段落ち着いていらっしゃるお客様が感情を顕（あらわ）にするとは……身近な方となにかありましたか？」

サイフォンのアルコールランプに火をともしながらマスターが問いかけた。彼がこうやって踏み込んでくるのは珍しい。いつもなら話し出すきっかけを作りつつ待ってくれるのに。それほどまでに自分の態度がおかしかったのだと痛感した都子は、これ以上迷惑をかけないためにも、全てぶちまけてしまうことにした。

「昨日の夜、春実から電話があったんです」

寝る準備を整えて自分の部屋に戻ってきた都子が、大学の予定を確認しつつ、バイトのシフトを考えていたときだ。春実から電話がかかってきた。

「もしもし、春実どうしたの？」

『もしもし都子？　あのね、もうすぐ大学が始まるじゃない。バイトのシフトってもう提出した？』

「ううん、いま書いているところ。もしかして、同じ時間になるよう合わせたいの？」

お試し期間でもある夏休みが終わってからも、いまのバイトを続けていくことはふたりで相談して決めていた。大学が始まればまたふたりで電車通学をするのだろうし、シフトを合わせたほうがいろいろと都合がいいだろう。

しかし、春実の返答は『そのことなんだけどぉ』と、歯切れの悪いものだった。

『あのねえ、私、バイトやめようと思うんだ』

青天の霹靂というべきか。まったく予想だにしない言葉だった。

「ど、どうして!?　だって、春実ってば私以上に馴染んでいたじゃない」

『そうなんだけどぉ、ちょっといろいろあってね……』

春実曰く、料理を運んでいる最中に、ジュースが入ったコップを持った子供がぶつかってきたそうだ。春実が料理を落とすことはなかったが、尻餅をついた子供がジュースを床にばらまいてしまった。

幸いと言うべきか、子供の親は常識的な方で、ジュースに気をとられてちゃんと前を見ていなかった子供が悪いと謝ってくれたそうだが、店側としてははいそうですかで終われるはずもない。春実は運んでいた料理を他の店員に託し、子供と親に謝罪しつつ床掃除をしなければならなかった。

『べつに、私は悪くないのにどうして謝らなきゃならないの、とか思っていないのよ。接客業として、店側の対応は当然だって思ってる』

「だったらなにがいやなの？」

『なんていうか……怖くなったの。どんなに自分が気をつけていたって、客次第でトラブルに巻き込まれるんだなって。しかもよっぽどの過失でもない限り、悪いのは私たち店員になるんだよ!?』

春実の言いたいことは痛いほどわかる。だが、そんな小さなトラブルくらいで怖じ気づかないでほしいと思った——が、口にするのはこらえた。

『店長に相談したらね、それくらいのこと全員が経験している。そしてそれは正解だった。気にしすぎだって言ったんだよ。ひどくない!?　それにね、なんか釣り銭泥棒が出たって話も聞いて、会計するたびにこの人は大丈夫かなってびくびくしちゃって……もうなんていうか、気を張ってばかりで疲れた』

釣り銭泥棒と遭遇したのは私です、とは言えない状況に、都子は相づちを打つしかできなかった。

「春実の人生だし、春実自身が働くのが辛いって言うなら仕方がないんですけど……でも、自分から言いだしておいてあっさり諦めすぎだと思いませんか!?　しかもバイトだけじゃないんです！　電車通学までやめるって言い出したんですよ！　電車に合わせて早起きするのが面倒くさいって……人を巻き込んでおきながらその言いぐさはどうかと思いませんか!?」

昨夜は春実の勢いに呑まれて何も言えなかっただけに、都子は声を荒らげて鬱憤を吐き出した。幸い、他の客はおらず、迷惑をかけるのはマスターだけで済んでいる。

「変わりたい、自立したいって言い出したのは春実なんですよ。それなのにバイトも電車通学もやめちゃったら、結局もとの状態に戻るだけじゃないですか！」

しかもその決断をしたきっかけが、子供とぶつかった、というだけなのだ。そのせいで子供の服が濡れたなんてこともない。親からクレームをつけられたわけでもない。理不尽な目に遭ったわけでもないのに、いったい何が怖いというのか。

「釣り銭泥棒に怒鳴られた私が頑張っているっていうのに……簡単にやめるだなんて無責任だと思いませんか!?」

胸にくすぶっていた想いをひととおり出し切り、都子は息を切らしてうつむいた。視線の端に三毛猫顔のコースターが置かれ、その上にグラスが載るのに気づいて顔を上げる。シルバーフレームの向こうの目を優しく細めたマスターが、「これは、私の知り合いの話です」と前置きをしたため、もしや……と身構えた。

「その方は、猫を飼っていましてね。それが、少し変わった猫だったのです」

やっぱり猫かぁ、と思いつつも、予想はしていたため余計なことは言わずに相槌を打った。

「雄猫だったんですが、極度の怖がりで、飼い主と一緒じゃないと外を出歩けない子だったんですよ。飼い主が散歩に行くと後をついて歩くような猫でした」

「……まるで犬みたいですね」

飼い主の後ろをついて歩きながら散歩する猫。一度見てみたいものである。

「近所でも有名な猫だったのですが、残念なことに、飼い主は引っ越すことになったのです。しかも、マンションに」

「マンションって、ペット大丈夫なんですか？」

「そのマンション自体はペット可の物件だったのですが、いわゆる分譲賃貸というものので、もともとの部屋の持ち主である大家さんがいやがりましてね。なんとか交渉してベランダでなら飼っていい、となったんです。幸い、最上階の角部屋だったので、ベランダというよりルーフバルコニーといった方がいい広さがありました」

ルーフバルコニーが広いといっても屋内よりは狭いだろうし、ましてや外を自由に歩いていた猫が快適に過ごせるのか、疑問ではある。

都子の疑問は、当然誰しもが考えたことらしい。飼い主が暮らしていた地域が田舎だったこともあり、猫は外を自由に歩くものだと考えていた友人たちに、狭いところに閉じ込めてかわいそうだと言われたという。

飼い主は猫がひとりでは出歩けないほど臆病であること、雨の日でも濡れない屋根のあるスペースが確保されていること、晴れた日などは飼い主もバルコニーに出て椅子に座り、猫を膝に載せてひなたぼっこをしていることなどを説明したが、周りはかわいそうと口をそろえた。

「周りに説得されて、飼い主もだんだん自分の猫が不幸に見えてきたそうです。せめて散歩をさせてやろうと、飼い主は猫をキャリーバッグに入れて公園へ向かいました。いざ公園についてバッグを開けたところ、猫は予想外の行動に出ました」

「予想外？」と聞き返しながら、都子はカフェオレをストローで混ぜる。マスターは真面目な顔で言った。

「キャリーバッグから出てこなかったんです。どんなに待っても、声をかけても、猫はキャリーの奥に引っ込んで動こうとしなかった。おそらくですが、飼い主が一緒でも、知らない場所を歩くのが怖かったのでしょう」

「怖くてキャリーバッグから出られないって……それ、本当に猫なんですか？」

猫といえば、なにものにも束縛されない自由の象徴というイメージがあった。しかしマスターは「正真正銘(しょうしんしょうめい)の猫ですよ」と答える。

「飼い主はあきらめて家に帰りました。そしてベランダについた途端キャリーバッグから元気に飛び出してきた猫を見て悟ったのです。この子には、この狭い空間こそが自由なのだと」

「狭い空間が、自由?」

狭いと自由では正反対の言葉に思えて、都子は難しい表情でうなった。

「考えてみてください。知人の猫は飼い主が一緒じゃないと外を出歩けないほど臆病な雄猫なのです。雄猫というのは、常に縄張(なわば)り争いを行っています。知人の猫は、自分以外の雄猫を恐れていたのですよ」

「つまり……他の雄猫がいないベランダは、飼い猫だけの縄張り、ということですか?」

「そうです。食事の心配もなく、雨に濡れる心配もなく、飼い主の膝に載って昼寝ができる。これ以上ないくらい、幸福な環境だと思いませんか?」

確かにその通りだ。しかし、今回の春実の話とどう関係するのだろう。

突然の猫話に動じなくなっても、猫話と自分の現状が相変わらず結びつかない。戸惑う都子に、マスターは「つまり」と言葉を続けた。

「価値観というものは、人それぞれということです。お客様にとっては小さな出来事でも、お友達が大事件だと感じたのなら大事件になるのです。お客様にはお客様の世界があるように、お友達にもお友達の世界がある。それぞれの世界の物差しで物事を計り、自分で考えて判断するのです。違う人間なのですから」

そう言って、マスターはプレート皿をカウンターに置いた。猫の顔の形をしたプレートには、ハンバーグとエビフライ、タコさんウインナー、ポテトフライやサラダの他に、お山型のチキンライスが盛り付けてあった。ご丁寧(ていねい)に小さな旗までさしてある。

「マスター、これって……」

込み上がるものを必死に抑えながら顔を上げると、マスターは微笑(ほほえ)みとともにうなずいた。

「お子様ランチです。憧れていた、とお聞きしましたので、私なりに作ってみました。これは、いつも当店をご利用くださるお客様への感謝の気持ちです」

夢にまで見た、自分のためのお子様ランチを見て、都子は思い出した。お子様ランチへのあこがれは、似たような環境で育ったはずの春実でさえ共感してくれなかった。でも、バカにしたりなどせず、そういう考えもあるね、とうなずいてくれたのだ。

それぞれの世界の物差し――その言葉が、都子の胸にすとんと落ちる。

「……勇気を出して新しい環境に飛び込んだのに、とか、一緒に頑張れないなんて寂しい、とかいろいろ思ってしまうんですけど、本人が無理って言っているなら、とやかく言わずに受け入れるべきなんですね」

「そうですね。お客様にはお客様の、お友達にはお友達の頑張れる場所があるんだと思います」

「……うん。ありがとうございます、マスター。おかげですっきりしたというか、もっと他に大事にするべきことがあるって、気づけました」

「いいえ、私のつまらない話が少しでも役に立ってよかったです」

「お子様ランチも、ありがとうございます。あの、これ、写真を撮ってもいいですか？」

「構いませんが……正式なメニューではございませんので、ＳＮＳにアップなどはお控えくださいますよう、よろしくおねがいします」

　都子は「はぁい」と元気よく返事をして、スマホで写真を数枚撮影する。さていただこうとチキンライスの旗を取ったところで、旗にトラ猫の顔が書いてあることに気づき、思わず頰が緩んだ。

「本当に、マスターは猫が大好きなんですね」

「大好きです」と間髪を容れずに返され、どこまでもぶれないマスターに都子は笑った。


　大学が本格的に始まった十月。午後の講義を終えてＣａｆｅトラ猫へ立ち寄った都子は、そこで思わぬ人物と遭遇した。

「あ、都子、今日の講義は終わったの？　お疲れ～」

「春実!?　どうしてここにいるの？」

カウンターに、春実がいたのだ。初めてここを訪れたときに彼女が頼んでいたものと同じ、サンドイッチとウインナーコーヒーがカウンターに並んでいた。

「どうしてって、寄りたいなと思ったからだよ」

「え、でも、車は？　見なかったよ？」

「そりゃ、いないもの。帰りは電車だから」

「えっ!?　電車通学やめるんじゃなかったの!?」

「行きはやめるよ。でも帰りは続ける。だって、そうしないと寄り道できないじゃない」

さらっと告げられた内容が衝撃的すぎて、都子は座るなりカウンターに突っ伏した。

言っていることはわかる。でも、理解が追いつかない。

「お客様、どうぞお受け取りください」

声に誘われるまま顔を上げれば、マスターがおしぼりを差しだしていた。受け取ってホットコーヒーを注文する。

「ねえ、都子。給料はもう使った？　私は新しいバッグを買っちゃった～。自分の稼いだお金で買ったものって、ものすごく愛着がわくんだね。知らなかった」

足下のかごから引っ張り出して、春実は新しいバッグを見せてくれた。もとの生活に戻ったただけだと思ったが、彼女なりの変化があったのだと知って嬉しかった。

「都子は？　都子はなにに使ったの？」

「私？」と答えて、都子は自分の鞄から細長い小袋を取り出した。

「猫のおやつなんだけどね、よくこの店の前で見かけるトラ猫にあげたくて、買ってみたんだ」

都子が手にしているのは、テレビＣＭで俳優が手ずから猫に食べさせる、液状おやつの個包装だった。

「初めての給料で買ったものがそれって……都子って、そんなに猫が好きだったっけ？」

「マスターほどではないけど、まぁまぁ好きだよ。じゃないと猫を追いかけてここを見つけたりしない」

「それもそうね」と春実は納得した。

「袋を手に持って差しだしたらなめてくれたんだけど、撫(な)でようと手を伸ばすと逃げちゃった」

頰杖(ほおづえ)をついてため息をこぼした都子は、驚愕(きょうがく)の表情で固まるマスターと目が合った。

常にてきぱきと動いているマスターが固まるなんて珍しい。もしや、トラ猫に逃げられたことに驚いているのだろうか。都子から触れようとすると逃げたが、あのトラ猫は何度か足にすり寄ってきたことがある。人に慣れてはいるのだろう。

「もう少し時間をかけて私という存在に慣れてもらってから、またリベンジしようかな。あの、せっかくなのでマスターからトラ猫ちゃんにあげてもらえますか？　きっと、慣れた人の手からもらった方が喜ぶと思うので」

最後のひとつである小袋を差しだすと、マスターは「ありがとうございます」と言って受け取った。小袋に触れる指先が震えているように見えたのだが、その後すぐに差しだされたコーヒーを持つ手はいつも通りだった。

「そういえば、マスターって猫のどういうところが好きなんですか？」

食べ終わったサンドイッチの皿を返しながら、春実が問いかけた。気になる内容に、コーヒーにミルクを足していた都子も手を止めてマスターを見る。

皿を受け取ったマスターは、わずかに逡巡してから答えた。

「餌を貰おうとも、決してこびたりしない、気高いところでしょうか」

都子と春実は「あぁ～」と声を揃えた。

「猫って本当に気位が高いですもんね。自分がかわいがってほしいとき以外は触らせてくれないし」

「でもだからこそ、心を許して甘えてきてくれたとき、すっごくすっごく嬉しいんですよね」

猫の可愛らしさについて語り合っていた都子たちだが、ふと、マスターが静かだったことに気づき、視線をむける。

「心を許して、甘えてくれる……か」

　いつの間にか、マスターは布巾を握りしめて遠くを見つめていた。いつかと同じように頬を染めて目をうるませている。

　完全なる恋する乙女モードのマスターに、春実は戸惑っていたようだが、すでに見慣れている都子はそっとしておくように伝えた。


　すっかり夜も更けた午後十一時頃。閉店作業を終えたマスターが、店の明かりを消して外に出た。

「にゃあ～お」

　住居である二階へと続く階段の前に、トラ猫が座り込んでいた。マスターは朝と夜の二回、餌を与えている。さっさと用意しろと催促しているのだろう。

　ふと思いついて、燕尾服のポケットから小袋を取り出した。細長い形をしたそれは、今日都子がくれた猫のおやつだった。

　彼女曰く、袋を手に持って差しだしたら、ＣＭのようになめてくれたという。

　マスターは小袋の封を切り、膝をついてトラ猫へ向けて袋を持つ手を差しだした。

座ったまま鼻をひくひくと動かし始めたトラ猫は、匂(にお)いの発生源がマスターの持つ小袋だと気づくなり、そろりそろりと歩き出した。ＣＭで猫が夢中になると謳(うた)っていただけあり、トラ猫の視線は小袋に集中している。

マスターのすぐ目の前までやってきたトラ猫が、小袋に鼻先を近づけてふんふんと匂いを嗅(か)いだ。あと少しでなめてくれる――というところで、小袋を持つマスターと目が合った。

「シャアアァァァアッ！」

途端、目を見開いて牙をむきだしにし、威嚇(いかく)の声を上げたトラ猫は、魅惑のおやつから顔をそむけて商店街の向こうへと一目散に駆けていった。

取り残されたのは、小袋を差しだした格好のマスターただひとり。

しばしの間そのまま固まっていた彼は、音も立てずに立ちあがった。そして、わかっていたさ、とばかりに儚(はかな)く笑い、目元に輝くものを指先で拭(ぬぐ)う。

猫を愛してやまないマスターの、その溢(あふ)れんばかりの愛情は、今日も猫には伝わらない。

きっといつか触らせてもらえる日が来るさ、一縷(いちる)の希望を信じて、彼は階段を登った。

その夜、水色の玄関扉の前には、キャットフードを山盛りにした皿と水を張った皿、そして液体状の餌が入った小さな器(うつわ)が置いてあったという。

ありがとう

前田珠子

🐾 プロローグ

あたしの愛称はミル。

一番よく呼ばれる名前。

でも、本当の名前はミルク。

時々呼んで貰える名前。

でもでも、だけど、だけど。

滅多に呼んで貰えないけれど、正式な名前は別にある。

それは、吉田ミルクキャラメル。

引き取られた家の、大きいお姉さんが名付けてくれた。

「この子の毛並みは、ミルクキャラメル色ね」

その家の大きいお母さんが、頷いた。

「それが名前でいいんじゃない？」

その瞬間、あたしの名前は吉田ミルクキャラメルになった。

尤も、長すぎたせいでいつの間にかミルクになって、それすら省略されて、ミルになった。

自分で名付けたくせに、大きい人たちは勝手だとは思う。

思うけれど……吉田ミルクキャラメルちゃん、と連呼されるぐらいなら、ミルと省略された方がましかな、とも思う。

生まれて三年――まだまだ若いあたしだけど、伝えたいことがある。

1

生まれた時の事は知らない。

生まれた家の事も知らない。

でも、お母さんに優しく舐(な)めてもらったこと、お母さんの温もりを感じて、それで安心して眠っていたことは覚えている。

お母さんの体に、ぴたりと寄り添っているだけで、本当に安心できて、不安なんて何も感じなかったことを……覚えている。

お母さんのお乳を巡って競争していた兄弟はふたり。

あたしは彼等と、お母さんのお乳を巡って熾烈(しれつ)な戦いを繰り広げたものだ。

お母さんのお乳は、無限ではない上に、場所によってその出方も違ったからだ。

ある意味、兄弟達との競争は、平和なものだったのかもしれない。

目が開いて、視界がはっきりするようになって、大きいひとたちの言葉は理解出来なくても、何だか怪しい空気を感じるようにはなった。

大きい人たちは、こんなことを言っていた。

「困ったわ。茶キジに白が入っている二匹は、もらい手がつきそうだけど……」

と。

兄弟達は茶キジに白が入っていて、あたしだけが、真っ白い毛が少しもない、真っ茶色の毛並みだった。

つまり、あたしだけがもらい手がなくて、お母さんの飼い主である、大きい人たちは困っていたのだ。

でも、あたしはそんなことには気づかなかった。

お母さんのそばで、いつだって安心できる――それが当たり前だと思っていたから……その後に、どんなことが起きるかなんて……考えもしなかった。

ある日、あたしはお家の大きい人から、お母さんの胸元から引きはがされた。

何するのよ、と文句を言いたかったけれど、大きい人たちが無理矢理あたしのことを抱き込んで、頬にすりすりしたりするのは珍しくなかったから、特におかしいとは思わなかった。

その時。

おかしい、何かがおかしいと気づいていたら、何かが変わったのだろうか？

いいや、そうは思わない。

小さな五百グラムの、歯も生えていないあたしに、一体何ができたというのだろう。

あたしはお母さんから引きはがされた。

いつものように、大きい人たちからしばらくの間、撫でられたり抱かれたりするんだろう、と思っていたら――その時は、まるで全然違うことになったのだ。

大きな人たちは、あたしを抱きしめる代わりに、大きな箱にあたしを入れた。

そうして、その箱ごと、あたしをどこかに連れて行った。

……そうして、あたしを置き去りにした。

※

何が起こったのか、あたしにはわからなかった。

お母さんから引きはがされ、箱に入れられ、どこかに連れて行かれて――そうしてあたしはひとりぼっちになった。

優しいお母さんは、そばにいない。

可愛がってくれた大きな人も、誰もいない。

見も知らぬ場所に放り出されて、あたしは強烈な恐怖に見舞われた。

だって、本能で感じるのだ――ここには誰も、あたしを守ってくれる人はいないのだって。

お母さん、お母さん、お母さん！

必死に呼んだけれど、お母さんは来てくれない。お腹はすくし、尚更お母さんが恋しくなって呼んだけれど、それでもお母さんは来てくれなかった。

ひもじくて、ひもじくて、お母さんのお乳しか口にしたことがなかったから、尚更のことお母さんのことを呼んだけれど、お母さんは来てくれなかった。

あたしには当時、まだ歯が生えていなかった。

お母さんのお乳以外、栄養にできるものはなかったのだ。

でも、そこにお母さんはいなかった。

お母さんのお乳は、だから、貰えない。

お腹が減って仕方なくて、あたしは箱の側に生えていた草をかじった。栄養になるかどうかなんて、考えられないぐらいにお腹がすいていたから。

でも、その、ひもじさに負けて、あたしが動いたことで、とても危険な存在に目を付けられてしまったのだ。

それは、大きな黒い鳥。

カア、カアと鳴きながら、高みからあたしを見つけた。

喰われる！

理由も何もなく、そう直感した。

そして、それは事実だった。

大きな黒い鳥は、あたしが弱るのを見計らって、何度も近くに飛んできた。

殺されるのはイヤだから、あたしは必死に抵抗した。

歯もないのに、嚙みつきまくったのは、せめてものあたしの意思表示だった。

大きな黒い鳥は、多分それほどお腹がすいていなかったのだろう。あたしの必死の抵抗に免じて、『今すぐには喰らわずにはいてやろう』とでも思ったのか、その時は遠ざかった。

それはとても、あたしにとってありがたいことである一方で、腹立たしいことだった。

大きな黒い鳥は、勝ち誇っていたのだ。

あたしが弱る――その時は間違いなくくるのだと、その時こそ本気で襲いかかる時なのだと。

理屈ではない。本能で、あたしは彼等の意志を感じた。

お母さん、助けて！

黒い鳥の気配がない間、あたしは懸命にお母さんを呼んだ。

黒い鳥が近づいて来たときには、なるべく気配を隠して、声も上げないようにした。

でも、あたしはあたしなりに用心してはいたのだけれど、黒い鳥は、もっと先のことまで見抜いていたのだ。

箱の中に置き去りにされて三日目のこと。

あたしはお乳も飲めないままで体力は限界に来ていた。

いくら呼んでもお母さんは来てくれなかったし、もう、お母さんを呼ぶ力もなくなりかけていた。

その時を、黒い鳥は待っていたのだ。

突然、黒い鳥があたしがいる箱に襲いかかって来た！

それは、それまでの、あたしのことをからかって遊ぶために、ちょっかいをかけていたのとはまるで違っていた。

喰われる！

殺される！

喰われる！

殺される！

そのときのあたしは、ただ生きるために、逃げることしか思いつかなかった。

箱から何とか飛び出して、近くの木立に隠れて、それで――でも、その後の事など、何も考えていなかった。

一旦黒い鳥たちの目から逃れることは出来たものの、その後どうしていいのか、あたしにはわからなかった。

ひたすらに息を潜めて、黒い鳥たちが諦めるのを待つ？

無理だ。

あいつらは三日間、ずっとあたしのことを見張って、あたしが弱る瞬間を狙っていたのだ。

咄嗟に身を隠すことは出来たけれど、そんなことであいつらが諦めるとは思えない。

では、もっと遠くに逃げる？

それも出来ない。

あたしと来たらはらぺこで、正直なところ、もう一歩も動けない。執拗な奴らの目をかいくぐって、逃げ切ることが出来るとは思えない。

どうしよう。

黒い鳥たちが怖い。

あれはあたしの命を摘み取るモノだ。

逃げたい。逃げ切りたい……そうして。

あたしは生きたい！

心底そう思った時、あたしにとっての奇跡が起こった。

あの恐ろしい黒い鳥たち以上に大きな気配が近づいて来たのだ。

それは、黒い鳥の十倍以上大きな大きな、人間の女性だった。

何かを捜している風で、そのひとはあたしが隠れている茂みのあたりを見回して……首を傾げた。

「子猫の声が聞こえたような気がしたけど、気のせいだったかしら？」

と。

その時のあたしの心境は、一体どう表現したらいいのだろう？

このままでは黒い鳥に殺される。

お母さん、お母さん――どれほど助けを求めても、お母さんは来てくれない。

誰も、来てくれない。

誰も、あたしを助けてはくれない。

そう思っていた矢先のことだったのだ――あたしの声を聞いて、あたしのことを捜しにきてくれた女の人が現れたのは！

偶然？　運命？

そんなことは、どうでもよかった！

ある意味どちらでもあったと思う。

あたしにとって、その時あたしの声に気づいて、わざわざ近づいて来てくれたその人は。

あたしにとっての圧倒的な希望の光であり、あたしが生きるための、絶対の命綱だったのだから！

ひもじくて、力が出ない？

冗談ではない。ここで声を上げずに、どこで声を上げるというのか？

「助けて！」

必死の声を張り上げながら、あたしはその人――美子姉さんに駆け寄った。

あたしが黒い鳥に殺されることなく、この先も生きていくためには、美子姉さんについていくしかないと直感したからだ。

茂みから飛び出したあたしを見て、美子姉さんは一瞬、とても微妙な顔をした。後で知った話だけれど、そのときのあたしは黒い鳥に襲われる恐怖のあまり、汚物まみれになっていて、素直に抱き上げることは出来なかったという話。

だけど、やっぱり美子姉さんは、あたしにとって絶対唯一の運命の人だった。

茂みから飛び出し、姉さんに駆け寄ったあたしのことを、美子姉さんは邪険に追い払おうとはしなかった。

何だか、とても困ったような、迷うような顔をしていたけれど――汚物に塗れたあたしを、そのまま見捨てることはしなかった。

本当は、迷っていたのかも知れない。

うーん、と唸りながら、あたしと空を交互に見やっていたから。

どうしようかと迷った挙げ句――だったのか、美子姉さんは決断したようだった。

あたしが飛び出した茂みから、少し離れた場所に停めてあった、大きな四輪の鉄の箱に近づくと、その口のひとつを開けて、あたしを呼んだのだ。

「おいで」

と。

それは、あたしなんかより何十倍も大きな箱で、それがとてつもなく速く走る怖いモノだとは知っていたから、「おいで」と言われても素直には従えなかった——以前の、お母さんに守られていたあたしだったなら。

でも、今は状況がまるで違う。

鉄の箱は恐ろしかった。

でも、この場に留まり、黒い鳥たちに襲われるのは、それ以上に恐ろしいことだった——それが死に直結することを、本能的にあたしは感じていた。

だから、あたしは美子姉さんの言葉に従った。

死なないためには——生きるためには、今、この人について行くしかないのだと。

あたしにはわかった。

だから、恐ろしい鉄の箱に飛び込んだのだ。

美子姉さんが連れて行ってくれる処(ところ)がどこなのかは知らないけれど、それでも、ここよりは安全でましな場所に違いない。

本能の命じるまま、あたしは美子姉さんが開けてくれた鉄の箱の口に飛び込んだ。

美子姉さんを頼る以外に、あたしが助かる道はないと信じたからだ。

そうして、美子姉さんが連れて行ってくれた先は。

美子姉さんの家ではなかったけれど、美子姉さんが家の次に信頼しているお家だった。

鉄の箱をどこかに運んで、あたしのためにその口を開いて——「おいで」と美子姉さんが言った。

あたしは勿論(もちろん)、美子姉さんの言葉に従った。

だって、わかるのだ。

美子姉さんは、あたしを決して見捨てないと。

「おいで、こっちよ」

言われるままに、美子姉さんの後をついて行った。

そうしたら。

新しい家族に出会えたのだ——。

🐾 2

美子姉さんがあたしを連れて行ったのは、美子姉さんが育った家だった。

後で知った話なのだけれど、美子姉さんには動物アレルギーの家族がいて、あたしを引き取ることはできなかったからだそうだ。

美子姉さんの育った家（実家というのだと、後に学習した）には、美子姉さんのお母さんと妹さんが住んでいた。

美子姉さんに、その家——吉田家に連れて行かれた時の、美子姉さんのお母さんや妹さんの反応は、あまり歓迎的ではなかったと思う。

今にして思えば、それも無理はないことだ。だって、その時、あたしは……恥ずかしいけど、黒い鳥に襲われる恐怖のあまり、失禁したり脱糞したりして、それはもう汚かったり臭かったりしたからだ（美子姉さんは、その後車内の消臭に、大変に苦労したというのも後で知った話）。

それでも、こちらは生きるか死ぬかの瀬戸際だから、美子姉さんの後を必死に追いかけるしかない。

必死に美子姉さんに追いすがるあたしの姿に、吉田家の絶対法則が発動したのはその瞬間だった。

美子姉さんの妹さん――麻子さんが、あたしをひょいとつまみ上げたのだ。

「汚すぎる」

あたしにとってはかなり失礼な、でも客観的には事実であることを呟いて、麻子さんはあたしの首をつまみ上げたまま、どこかへすたすたと歩き出した。

その後のことは、ちょっと覚えていない。

突然お湯をかけられて、その後泡だらけにされて、更にその後お湯をかけられて――と、あたしにとっては未知の体験ばかりだったからだ。

麻子さんがどんな人かも知らないあたしにとって、何をされるかわからない、その時間は拷問にも等しく、イヤだと暴れても難なく制される恐怖の時間だった。

実際は、麻子さんはあたしが放つ悪臭を排除するのが目的だったらしいけれど。

そうして、糞尿を洗い流してみたら、あたしに対する全員の印象というか認識が変わったらしい。

はっきり言って、ぐったり疲れ切ったあたしを、バスタオルでくるんで、大事そうに抱え混んだ美子姉さんのお母さん――圭子母さんは、「大人しい子ねえ」と、嬉しそうな声を上げた。

違います、圭子母さん――あたしは疲れ切ってぐったりしてるんです……と言いたかったけれど、それすらも億劫で、あたしは大人しく目を閉じた。

そうこうしていると、台所で何かしていた麻子さんが、小さな食器をふたつ持って来た。

あたしの鼻は敏感に反応した。

それはミルクの匂いだったのだ！

「ミルク、ミルク、ミルク！　飲みたい、飲みたい、飲みたい！」

圭子母さんの腕の中で、あたしがばたばたと暴れると、圭子母さんはゆっくりとバスタオルをほどいてくれた。

麻子さんが、あたしの目の前にミルクの入った小皿を置いてくれる。

ミルクだ！

お母さんのお乳とはちょっと違うけれど、それはあたしの食欲をそそる匂いを放つ――紛れもない命の元だった！

あたしは必死にミルクを舐めた。

本当は、お母さんの乳首から直接吸いたかったけれど、ここにお母さんはいないから……皿に注がれたミルクを舐めた。

そうして、一通り満足したところで、あたしは麻子さんが隣に置いたもう一つの小皿の存在に気を惹かれた。

ミルクとは違う、でも、何だか美味しそうな匂い。

あたしは恐る恐る、その小皿の中身に鼻を近づけた。

それは、ミルクとは全然違うものだった。これまであたしが口にしたことのない匂いの、何かどろどろしたもの。

でもそれは、あたしを舐めてくれるお母さんの口元から感じていた匂いに似ていた。

そのせいだろうか——あたしはお腹がそれを求めていると思ったのだ。

かぷり。

試しに一口、口に含んでみる。

まだ歯が生えていないあたしにとっては冒険だったのだけれど、それは難なくあたしの口に馴染み、飲み込むのも支障がない状態だった。

これも後で知った話なのだけれど、歯が生えていないあたしのために、麻子さんが猫用缶詰の中身をすり鉢ですってくれたものだったらしい。

これが……もう、本当に美味しくて、あたしは夢中で食べた。

季節が初夏だったこともあってか、麻子さんが用意してくれた食事を平らげる頃には、あたしの体も乾いていた。

その、汚れを落としたあたしの姿を見て、麻子さんが言ったのだ。

「この子の毛並みは、まるでミルクキャラメルのようね」

と。

それを聞いた圭子母さんが言った。

「それが、この子の名前でいいんじゃない？」

かくして、あたしの名前は吉田ミルクキャラメルとなったのだ。

因みに、吉田家絶対の法則というのは、『猫には優しい』ということらしい。

犬にも適用されるらしいけれど、絶対的に猫に甘いのが吉田家の人間の習性らしい。

おかげで命が繋がったあたしとしては、ありがたい法則だった。

ありがとう、吉田家！

その時、あたしは本気の本気で感謝したのだけれど。

そのちょっと後で、困った事態に直面することになる。

なんと『猫には優しい吉田家』には、既に先住者がいたのである！

※

ミルクだ、ミルクだ。

ああ、こちらの皿も美味しそうだ。

いきなり与えられた食環境に、夢中で埋没していたあたしは、随分長いこと、その気配に気づけずにいたのだと思う。

でも、それにだって限界がある。

麻子さんが用意してくれたミルクと離乳食を、夢中で平らげている間に、あたしだって気づいた気配がある。

それは、あたしとは違う、そして美子姉さんや圭子母さんや麻子さんとも違う気配を放つひとで。

でも、圭子母さんや麻子さんより、あたしに近い存在だった。

空腹のあまり、食事に夢中になっているときは気づけなかったけれど、ちょっと落ち着いてみたら……そのひとの存在感は、圧倒的だった。

あたしは、あたしのことをじっと見ている存在に気がついた。

その視線の強さに、あたしは引き寄せられるように、そちらに目を向けた。

そうしたら。

そこには、とんでもなく綺麗な三毛の、あたしと同じ形をしたひとがいたのだ！

そのひとは、「ランコちゃん」――あたしと同じ種族で、お母さんと同じ姿で――お母さんより綺麗だったけれど。

その姿を目にした時、あたしの中には喜びしかなかった。

黒い鳥――鴉の群れから助けてくれた美子姉さんや、バスタオルにくるまれたあたしを優しく抱き留めてくれた圭子母さんや、あたしのためにミルクや離乳食を用意してくれた麻子さんのことを、あたしは確かにありがたいとは感じていたけれど。

でも、彼女たちはあたしとは違う、大きくて、形も違う、別の生き物だったから……そのひとの姿を認めた瞬間、あたしは本当に、本当に、心底安堵したのだ。

ああ、ここにはあたしと同じ種族の仲間がいるのだ、と。

だから、信じていいのだ、と。

もう、二度と鴉の群れに放り込まれることはない。

ここにいる限り、あんな恐ろしいことは二度と味わうことはない。

だって、ここには仲間がいるのだから！

あたしは、嬉しくて、嬉しくて――しっかり食べて、体力もついたところだったので――ランコちゃんに駆け寄った。

否。

そうしようと、した。

ところが、だ。

ランコちゃんは、あたしを拒絶した。

「シャアアアァ！」

全身の毛を逆立てて、ランコちゃんはあたしを拒んで、そうして背中を向けてどこかに行ってしまった。

それは、途轍もなくショックな出来事だった。

お母さんと兄弟しか知らないあたしにとって、一緒にいることは、ごくごく当たり前で当然のことだったから。

ランコちゃんが放った拒絶の波動に、あたしはひどくびっくりした。

そして、驚いたのはあたしだけではなかったのだ！

「ランコ！」

麻子さんが慌ててランコちゃんの後を追いかけて行った。

びっくりしたまま固まってしまったあたしの頭を、圭子母さんが優しく撫でてくれたけれど、あたしは不安でならなかった。

先住者であるランコちゃんに拒絶されたあたしは、これからどうなるのだろう――名前までつけたけれど、やはりこの家では飼えないと、またどこかに置き去りにされるのではないか。

不安で、仕方なかった。

圭子母さんが、

「大丈夫。ランコはちょっとびっくりしているだけだから」

と言ってくれたけど、安心はできなかった。

あたしはどうなるんだろう――その不安を解消するには、方法はひとつしかないと思った。

　ランコちゃんと仲良くなって、ランコちゃんにこの家の一員として認めて貰うのだ。

　頑張ろう！

　あたしは固く決意した。

※

　結局、ランコちゃんと仲良くなれたのは、あたしが吉田家に引き取られてから一ヶ月ぐらい経った頃だった。

　がりがりに痩(や)せていたあたしは、栄養満点の吉田家の食事のおかげで、ぷくぷくのふわふわになっていた。

　圭子母さんも麻子さんも優しくしてくれたし、お隣に住む圭子母さんの息子さん——秀(ひで)夫(お)おじさんの家族も、みんなあたしのことを可愛(かわい)がってくれる。特に末っ子の宗子(そうこ)さんは、あたしと一番遊んでくれる大好きなひとだ。

　皆に愛されていることを、あたしは疑わない。

　もう、捨てられるとは思わなかったけれど、それでも同じ家に住んでいるランコちゃんに嫌われているのは悲しかった。

ランコちゃんのあたしに向ける、得体の知れないモノを見る目は相変わらずで、それを見る度、胸がずきんと痛くなる。

どうしたら、ランコちゃんはあたしを受け入れてくれるのだろう――何度も名前を呼びながら、近づいてはみたけれど、その度に威嚇されるのが辛い。だけど、諦めることもできなくて、あたしはランコちゃんに駆け寄るのだ。

ランコちゃんの変化は突然だった。

いつものように、あたしがランコちゃんの名前を呼びながら近づいた時、ランコちゃんはとても驚いた顔をしたのだ。

「ランコちゃん?」

威嚇されないことに安堵する一方、ランコちゃんが何に驚いているのか気になった。

「どうしたの?」

尋ねたあたしに、ランコちゃんは衝撃の一言を放ったのだ。

「あなた、言葉が話せるの?」

あまりにも意外なことを言われて、あたしは一瞬固まってしまった。

「は?」

ランコちゃんは何を言っているのか――。

「話せるの、って……あたし、この家に来てからずっと、ランコちゃんに話しかけてきたじゃない！」

　憤然と言い返すと、ランコちゃんは即座に否定した。

「ニャゴニャゴ鳴くだけで、言葉になんかなってなかったわよ。お母さんたちの話す言葉とも違うし、謎の鳴き声を放つ不気味生物だとばかり思ってたわ」

　とても綺麗なのに、ランコちゃんは口が悪かった。

「謎の不気味生物って！　毛並みは違うけど、あたしとランコちゃんは同じ姿をしてるじゃない！　どうしてそんな認識になるのよ！」

　あまりと言えばあまりの言葉に、あたしがそう反論すると、ランコちゃんはまたしても否定した。

「わたしはあんなに小さくないし、わけのわからないことを口走ったりしないもの。姿だけ似ていても、同じ生き物だなんて思えるわけないでしょう？」

　これまた酷い言いぐさだ。

「ランコちゃんだって、生まれてすぐは、すっごく小さかったはずだし、言葉だって舌っ足らずだったはずじゃない！」

　しかし、ランコちゃんはそれを認めない。

「わたしは小さい頃から、ちゃんと言葉を話してたし、圭子母さんたちの言葉だって理解できた。あなたみたいな謎生物とは違うわ。でも、まあ……」

一旦言葉を切ると、ランコちゃんは初めてあたしに顔を近づけた。

ふんふんとあたしの匂いを嗅いだ後、仕方なさそうにこう言ったのだ。

「あなたも謎生物からは脱けだしたみたいだし、すっかりうちの匂いに染まったみたいだし、仕方ないからわたしの妹分にしてあげるわ」

ランコちゃんはどこまでも偉そうだった。

あたしより二歳年上だってだけで、どうしてこんなに偉そうなのか――内心ちょっとむかっとしたけど、これがランコちゃんなのだと諦めることにした。

それに――ランコちゃんがぽつりと洩らした一言が、あたしの胸にすとんと落ちたから。

その一言で、あたしの怒りは消えてしまった。

「……あなたが来たせいで、わたしがお払い箱になることもなさそうだしね」

ランコちゃんはそう呟いたのだ。

その時あたしはわかったのだ。

ランコちゃんも不安でたまらなかったんだって――この家はとても居心地がいいから
……みんな優しくて、ずっといたい場所で。

だからこそ、この場所から追われるのが怖い。

あたしが怖かったように、ランコちゃんも怖かったのだ。

そうして、あたしはランコちゃんの妹分に収まった。

3

　あたしが吉田家に引き取られて、半年ほど経ったある日、あたしは外から聞こえてくる優しい、優しい声に気づいた。

　おいで、おいでと呼びかけるその声は、これまで聞いたことのないものだったけれど、不思議と警戒する気にはならなかった。

　誰だろう。

　誰が、こんな優しい声で、あたしを呼んでいるのだろう？

　気になって、あたしはある日、その声の主を探すことにした。体重はもう三キロになっていたし、鴉（からす）に狙われる心配もない。

　どこ？　どこにいるの？

　探すあたしに気づいたのか、すぐ近くから声をかけられた。

　吉田家の裏山の向こうから、彼は現れた。

　全身が黒キジで、長いしっぽを優雅に揺らす彼は、あたしを見てにっこり笑った。

「ようやく会えたね」

　その声はやはり優しくて、あたしはうっとり聞き惚（ほ）れてしまった。

なんて綺麗で優しい声のひとなんだろう。

胸の奥に、ふわふわした温かい何かが生まれるのを感じた――そう、あたしは恋に落ちたのだ。

※

彼はミイと名乗った。

吉田家の裏山の向こうの家で飼われているのだという。

大切に育てられて来たのだろう彼は、とても優しくてひねくれたところがまるでない、真っ直ぐな性格の主だった。

一度捨てられたせいか、何事も一ひねりする癖がついてしまったあたしには、そんな彼が眩しくて、余計好きになっていった。

裏山の茂みで、大きな桜の木の下で、あたしたちは互いのことを語りあった。あたしが捨てられ、鴉に襲われた時のことを話したら、ミイはあたしの目元を舐めてくれた。

「怖かったろう……よく諦めずに頑張ったね」

そう言われた時、あたしはなぜか泣きたくなった。

頑張ったね。

その一言が、こんなにも嬉しく感じたのは初めてだった。

あたしはますますミイのことが好きになった。ミイも、あたしのことを好きだと言ってくれた。

あたしはとても幸せだった。

ミイは夜には家に帰るので、あたしは彼との話をランコちゃんに話したりした。

ただ、残念なことに、ランコちゃんはこの手の話に関心が無いのだ。と言うより、彼女は男性嫌悪症で、雄猫の姿を見るだけで、無条件攻撃を仕掛けるという徹底ぶりなのだ。

「ランコちゃんは綺麗だし、男の子にもてそうなのに、どうしてそんなに恋を毛嫌いするの？」

一度そう尋ねたら、ランコちゃんは仏頂面で答えた。

「男に言い寄られたせいで、酷い目にあったからよ」

心底忌々しげなその口調に、一体何が、と思ってしまう。

「酷い目って、どんな……？」

あたしの問いかけに対するランコちゃんの答えは――その……悲惨だった。

「石垣の上でのんびりひなたぼっこしてたら、突然、白靴下男ががのしかかってきたのよ！」

「白靴下男？」

なにそれ、と尋ねたあたしに、ランコちゃんは怒り爆発状態でこう答えた。

「いたのよ！　あなたの彼が来る前に、ここらに足を伸ばして図々しくわたしに言い寄ってきた輩が！」

その雄猫の特徴が、ほぼ全身黒キジなのに、四本の足だけ白い靴下をはいたように、見事に真っ白だったらしい。

ランコちゃんは憤然と続けた。

「わたしにはその気はないって、何度も何度もお断りしてたのに！　その時も怒鳴りつけて追い払おうとしたんだけど、場所が悪かったのね。バランスを崩して、石垣の下に真っ逆さまに落っこちたの！　おかげでわたしは全身打撲で、三日もろくに動けなかったのよ！」

その話を聞いて、あたしは身震いしてしまった。

吉田家の石垣はすごく高くて、しかも下がコンクリートなのだ。

「その……空中でバランスを取るとか出来なかったの？」

もしかして、ランコちゃんは運動神経が残念なひとなのかしら――と尋ねると、ランコちゃんは凄い勢いで言い返してきた。

「わたしひとりならできたでしょうよ。ええ、わたしひとりだったらね！　何が忌々しいって、あの白靴下男、わたしの上に乗っかったまま、一緒に落ちやがったのよ！　しかも、わたしを下敷きにして！　わたしというクッションのおかげで、あの男ときたら全くの無傷だったのよ！　あんな最低な男見たことないわ！」

思い出しただけでも腹が立つ！

ランコちゃんの猛烈な怒りを前に、あたしは彼女に恋を勧めることは諦めた。

あたしだって、相手がミイでなくて、しかもそんな強引な手で迫られた挙げ句に大けがさせられたら、絶対許せないと思う。

おまけに、心配した圭子母さんと麻子さんに、無理矢理病院に連れて行かれたのだとか。撫でられるだけでも痛い状況で、レントゲンにかけられたり血液検査を受けたりと、そこでも地獄のような思いを味わわされたというのだから、ランコちゃんのその男への恨み骨髄ぶりも当然に思えた。

そんな、大の男性嫌悪症のランコちゃんだけど、あたしの恋には寛大だった。

「あなたの恋人なら、家の近くで見かけても追いかけたりしないであげる。わたしはこの家を守ると決めているから、余所からの侵入者には容赦しないけど、可愛い妹分の恋路を邪魔するつもりはないしね」

……もしかしたら、自分に実害がなければ問題なしと考えてるだけかもしれないけど。

「うん、ありがとう、ランコちゃん」

幸せだなあ、としみじみ思った。

この幸せはずっと続くのだと、その時あたしは信じていた。

※

三ヶ月後、あたしは二匹の娘を産んだ。

ミイとの子だった。二匹とも、毛並みはミイにそっくりで、あたしは嬉しかった。

ランコちゃんの『謎生物』発言が、単なる言い訳でなかったことが判明し、あたしはため息を禁じ得なかった。

なぜなら、生まれたばかりのあたしの娘たちに向かって、ランコちゃんったら「シャーッ」と唸ったのだ。

「ランコちゃん、これあたしの娘たちだから」

と説明しても聞く耳を持たない。

「嘘よ。ニャゴニャゴ鳴く謎生物にしか見えないわ！」

子供を産んだことのないランコちゃんには、赤ん坊とか子供とかが、自分と同じ生き物とは思えないらしい。

でも、それも長いことではない。娘達が言葉を喋り始めたら、ランコちゃんの反応も変わってくるに違いない。あたしは長い目で見ることにした。

子育ては大変だ。

　麻子さんが、押し入れの中に産所を作ってくれたから、そこで落ち着いて育てるつもりだったのだけど、子猫が珍しい見物人が、ひっきりなしにやって来て、あたしはいつもはらはらした。

　麻子さんや圭子母さんは、暇さえあればあたし達を覗き込んでくるし、秀夫おじさんの家族も、最低一日一度はやってきて、娘達を抱き上げげたり、体重測定したり、写真撮影とか色々するのだ。

　猫の扱い方には慣れたひとたちだったけど、小さな娘たちのことを考えると、とてもではないが安心できない。

　それでも、家の外よりは断然安全なのは確かだったから、あたしは常に目を光らせることで妥協した。あたしが文句を言えば、みんなすぐに娘たちを返してくれたから。

　そんなある日、娘たちが眠ったのを見計らって、外に出た時のことだった。

　ミイの呼ぶ声が、聞こえた。

　久しぶりに聞く声に、あたしは足早にミイの元へ駆けつけた。

　彼の優しい声を聞くだけで、胸の奥が温かくなる。それは、娘たちを産んでも変わらない。あたしはミイが好きなのだ。

「痩せたね」

ミイが気遣うように言う。

まだ母乳しか受け付けない娘たちに授乳していたあたしは、確かにちょっと痩せてしまった。

「子育て中だから……でも、あの子たちももうすぐご飯を食べられるようになるから、そうなったら元に戻ると思うわ」

そう答えながら、あたしはミイにすり寄った。

ふんふんと鼻を近づけ合って、互いの匂(にお)いを確認する。ミイの匂いは変わっていなくて、あたしはそれだけで嬉しくなる。

そのままずっと、一緒にいたい気もしたけど、やっぱり娘たちのことが気になってしまう。そわそわし始めたあたしに、ミイは優しく言ってくれた。

「行きなさい。今の君はお母さんなんだから。ある程度大きくなったら、娘たちに会わせてくれると嬉しいな」

「勿論(もちろん)よ！　二匹とも、あなたにそっくりなの。会ったらきっとびっくりするわ」

と、そこまで答えた時、あたしは気がかりなことを思い出した。

「あのね、これからしばらく家に来たら、麻子さんや圭子母さんがミイに冷たく当たるかもしれないの……雄猫は子猫を食い殺すから、近づけないようにするって話してたから。ミイはそんなこと、しないのに。麻子さんたちには、それがわからないみたいなの」

こんなに彼は優しいのに――娘たちに会う日を楽しみに待っててくれてるのに。圭子母さんたちには、それがわからないのだ。もしかして、ミイに石でも投げつけるんじゃないかって、それがとても心配だった。

だけど、ミイは優しかった。

「それは当然の心配だと思うよ。雄猫のなかには、自分の子供以外の子猫を食い殺すやつも確かにいるんだからね。実際、そうしそうなヤツを、さっきも追い払ったばかりだし」

ミイの話だと、家の近くを若い雄猫がうろついていたらしい。

あたしと娘たちを守るために、ミイは戦って追い払ってくれたのだ！

あたしは嬉しくなって、ミイの鼻をぺろりと舐めた。

「ありがとう、ミイ。大好きよ！」

ミイは優しく「僕もだよ」と言った――。

4

ミイが、来なくなった。

娘たちが大きくなって、外に出られるようになったら、堂々と会いに来るから――そう言っていたのに。

最後に会ってから、もう三ヶ月が経とうとしているのに、ミイの声が聞こえない。裏山に登っても、ミイの匂いが全然しない。

彼は本当に、家の近くにも来ていないのだ。

娘たちはすくすくと育ってくれた。テンとクウと名付けられた二匹は、今では外を駆け回るようになった。勿論、まだ体が小さくて、鴉に襲われる危険があるから、あたしは絶対に目を離せないのだけれど。

ありがたいのは、ランコちゃんの協力だ。

片言を喋るようになったテンとクウを、ようやく身内認定してくれて、あたしと一緒に面倒を見てくれるようになったのだ。

一匹があたしたちの目の届かない所に行きそうになると、ランコちゃんが先回りして、こちらは駄目だと追い返してくれる。あたしひとりでは、二匹の娘の監督をするのは難しいから、ランコちゃんには大いに感謝している。

そんな子育てに忙しい中でも、やはりミイのことが気になってしまう。

彼はいつも、あたしや娘たちのことを気に掛けてくれていた。あたしたちに黙って、テンとクウを食い殺そうと狙っていた雄猫（おすねこ）を撃退してくれていた。

そんな彼が、もう三ヶ月も現れない。

ランコちゃんが頑張って、若い雄猫は撃退してくれたから、娘たちは無事に育ってくれたけど……ミイの気配が全然感じられないことが、あたしには不安だった。

圭子母さんや麻子さんは、ミイのことをよく知らないから、「恋のシーズンが終わったから、しばらくは来ないかもねー」なんて言ってたけど、そんなことはないとあたしは知っていた。

くるおしいまでの情熱が過ぎ去っても、彼はあたしと娘たちのことを心配して、幾度も吉田家に足を運んでくれていたのだ。

そんな彼が、もう三ヶ月も来ない。

あたしのなかで、不安だけが積み上がっていく。

ミイ、ミイ、あなたは今、どこにいるの？

どうしているの？

無事なの？　それとも傷ついているの？

せめて、今いる場所を知りたい。知ることが出来たなら、あたしはすぐにも駆けつけるから！

そんなことを思う日々。

ある日、麻子さんの驚きに満ちた声を、あたしは拾った。

「ミイ！　ミイ！　なんてこと！」

切迫した麻子さんの声と『ミイ』という名前に反応して、あたしはそこに駆けつけた。

そうして——あたしは呆然とした。

三ヶ月以上、姿を見せなかったミイが、そこにいた。

右前足を切断して、それでもあたしに会いに来てくれたミイが。

※

「ミイ、ミイ、何があったの？」

あたしは尋ねずにはいられなかった。

ミイは、苦笑交じりにこう答えた。

「ちょっと……へまをして、アナグマ用の罠にかかってしまって」

と。

　この辺りは、猪やアナグマの農業被害が相次いでいて、畑の周囲にはそうした害獣への罠が仕掛けられていることは、あたしも知っていた。

　だから、そうした仕掛けがありそうな場所には近づかないようにしていた。

　あたしより年長で、そうした事情に詳しいはずのミイが、そのことを知らないはずがない。なのに、その罠に掛かってしまったのは……それは。

「娘たちを狙う雄猫を追い払う途中で、その罠にかかってしまったの？」

　そう尋ねたあたしに、ミイは無言で答えに変えた。

　つまりは、そういうことなのだろう。

　あたしは申し訳なさに泣きたくなった。

「ごめんなさい、ごめんなさい、ごめんなさい！」

　謝り続けるあたしに、彼は告げた。

「謝ってなんか欲しくない。僕は、感謝さえしてるんだから」

と――。

　何が何だかわからずにいるあたしに、ミイは丁寧（ていねい）に、これまでのことを語ってくれた。

「罠に前足を挟まれた時は、本当に死ぬかと思ったんだ。暴れれば暴れるほど、罠は食い込んで来るし、血は流れるし、最後には疲れ果てて、ああこのまま死ぬのかなって」

　淡々とした口調で告げられた内容の凄惨（せいさん）さに、あたしは言葉が見つからなかった。

「このまま、僕が死んだらどうなるんだろうと、ぼんやり考えたりもしたよ。家の大きな父さんや母さんは、僕がいなくなったことをどう考えるんだろうとか。母さんは心配性だから、今頃僕を探してるんだろうなとか、死んだ僕を見つけたら、きっと悲しむんだろうな、とか……それとも、誰にも見つけられないまま、朽ち果ててしまうのか」

そんなことを考えていた時、ミイは鴉の声を聞いたのだと言った。

「鴉は目ざといからね。罠にかかった僕を見つけても、すぐには襲って来なかった。僕が充分に弱るまで、あいつはじっと待ってたんだ」

それは、あたしにも覚えのある感情だ。

鴉に襲われる――あの時の恐怖は、決して忘れられるものではない。

話を聞いているだけで、あたしは胸が痛くなった。

そんなあたしに、ミイは静かにこう続けた。

「その時、以前君から聞いた話を思い出した。まだとても小さかったころ、鴉に襲われて必死に抗ったってことを。逃げる君を突こうとした鴉に、歯のない口で、必死に嚙みついたって……君は言っていた」

こくんとあたしは頷いた。

「そうよ。全然反撃になんかならなかったけど、そうせずにはいられなかった」

ミイは小さく笑った。

「その話を聞いた頃の僕は、君が感じた恐怖を肌で感じることもなく、『よく頑張った』なんて偉そうなことを言ったんだ。そう思ったら、こんな所で死ぬわけにはいかないと、心から思ったんだよ。小さな君が必死に頑張ったのに、偉そうなことを言った僕が、ここで諦めてどうするんだって」

そうして彼は、壊死した前足を引きちぎって、その場を離れたのだと言った。

ミイの家族は、そんな彼の姿に仰天して、すぐに彼を病院に連れて行ったらしい。壊死が進んでいた彼は、右肩から先を切断する手術を受けて、二週間ほど入院したのだと。

「本当は、退院してすぐにでも、君に会いに来たかったんだけど、家の母さんの心配性が発症してね。抜糸がすむまで、家から出して貰えなかった」

来るのが遅くなってごめんね。

謝る必要のないことを謝ってくるミイに、あたしは何度も頭を振った。

大変な思いを、死ぬほどの苦痛を味わったのはミイなのに、どうしてあたしのことをそこまで気遣ってくれるのか。

ミイの優しさに、涙が零れた。

「ミイ……ミイ」

彼の名を繰り返すことしかできないあたしに、彼は言った。

「こんなことになってしまったけど、悪いことばかりじゃないと、僕は思っているんだよ。

怪我した僕を、病院に連れて行く間、大きな父さんと母さんは、ずっと僕に声を掛けてくれた。『よく頑張ったね。よく帰って来てくれたね。もう大丈夫。絶対に助けるから』って……どんなにふたりが、僕のことを大事に思ってくれているのか、その声だけでわかったんだ。この家のひとたちもそうだよ」

　突然話が変わって、あたしは首を傾げた。

　ミイが何を言いたいのか、すぐには理解出来なかったのだ。

「さっきね。僕を見つけたここのお母さんとお姉さんがね、泣きそうな声で言ってくれたんだ。『大変だったね』『助かってよかったね』『こんな体になったのに、よくミルに会いに来てくれたね、ありがとう』って」

　愛されてるよね。

　ミイの言葉に、あたしは何度も頷いた。

　でも、次に放たれたミイの言葉には、あたしは同意出来なかった。

「ありがたいよね」

　ミイはそう言ったけれど、あたしにはそうは思えなかったから。

　どうしてミイが、ミイだけが、こんな酷い目に遭わなければならなかったのか——理不尽だと思っていたから。

5

右前足を失ったミイは、それからもあたしに会いに来てくれた。

娘たちと引き合わせた時は、本当に嬉しそうに笑ってくれた。

「君から聞いてた通り、本当に僕にそっくりだね」

そう言って、テンとクウの頭を一舐めすると、娘たちは嬉しそうに声を上げた。

「「お父さん？」」

「そう、お父さんよ」

あたしが頷くと、娘たちはミイに頭をすり寄せた。

「「お父さん、お父さん！」」

幸せな家族の空気は、しかしその直後壊された。

突然、ミイが窓の外に向かってうなり声を上げたのだ。

何事かと彼の視線を辿ったあたしも、そこにいた存在に毛を逆立てた。

若い雄猫が、開いた窓の向こうから、こちらを窺っていたのだ！

「テン！　クウ！　奥の部屋に行きなさい！」

まだ幼い子供たちを守るために、あたしは雄猫と対峙しようとした。

だが、そんなあたしより、ミイが動く方が早かった。

右前足を失った身とは思えぬ素早さで、ミイが窓から飛び出し、雄猫に飛びかかったのだ！

あたしは悲鳴を上げた。

「ミイ！　ミイ、駄目！」

ミイはまだ、手術のために剃った毛も生えそろっていないのだ！

むき出しの肌に爪や歯は容易く傷をつけてしまう。そんな体で、若い雄猫と戦うなんて――そんな無茶はさせられない！

だけど、ミイはあたしの制止を振り切って、逃げ出した雄猫を追いかけていく。

「ミイ、ミイ、待って！」

急いであたしも追いかけたけど、二匹はすごい勢いで、裏山の方へ走り去ってしまった。

あたしは心配でたまらなかったけど、それ以上追いかけることは出来なかった。麻子さんと圭子母さんはお買い物で留守なのだ。ランコちゃんも、あたし達家族に気を遣って今はいない。

娘たちを守れるのはあたしのしかいないのだ。

大丈夫。きっと大丈夫。

あたしは自分に言い聞かせた。

きっとすぐに、ミイは戻って来てくれる。雄猫を追い払って、きっとすぐに……。

けれど、その日、ミイは戻って来なかった。夜には家に帰る彼のことだから、きっと大きな父さんと母さんのいる家の方に帰ったのだ——不安を抑え込みながら、あたしはそう信じるしかなかった。

※

あれから半月が経つのに、ミイは姿を見せないままだ。

雄猫と喧嘩になって、大けがをしたんじゃないか。あたしは心配でたまらなかったけど、何も出来ずにいた。

あたしは、彼の家がどこかも知らないからだ。

こんなことなら、聞いておくのだった。そうすれば、彼が無事かどうか、彼の家を訪ねることもできたのに。

娘たちが元気すぎるのが、あたしにとっては救いだった。娘たちの面倒を見ている間は、押しつぶされそうな不安を忘れられるから。

娘たちを寝かせ付け、外に出た時、覚えのある視線に気づいたあたしは、裏山のほうを振り返った。

ああ、と安堵の息が洩れた。

ミイがいたのだ。

「ミイ！」

よかった、無事だった！

そのまま駆け寄ろうとしたあたしに、けれどミイは何も言わずに背を向けた。

「ミイ？」

どうしたのか、問いかけるより早く、ミイは駆け去ってしまう。

ミイ、どうして、ミイ。

彼の行動の意味を摑みかねたあたしは、その時、風に乗って漂ってきたある臭いに気づいた。

風上にいたミイの体臭に、不吉な臭いが混じっていた。

腐臭だ。

ミイは怪我をしてる！　そしてその傷口が膿んでいるのだ！

心臓が凍り付くような恐怖を、その時あたしは覚えた。

何も言わずに去って行ったミイ――彼の行動の意味、それは……。

最期の別れの挨拶だったのではないだろうか。

恐ろしすぎる予感に、あたしはミイの名を叫ぶことしかできなかった。

神様に、初めて願った。

神様、神様、お願いです。どうかミイを助けて下さい。あんな酷い怪我をして、ようやく助かった彼の命を、どうか摘み取らないで下さい！

何度も何度も、そう願った——。

※

ミイがあたしに背を向け去ってから、一月ほどが経ったころ。

娘たちを寝かしつけたあたしの耳に、圭子母さんの呼ぶ声が聞こえた。

それは、いつもの優しい呼びかけではない、何か必死な思いが込められたもので、あたしは何事かと思った。

「ミル！　ミル！　おいで！」

その声には切迫した響きが宿っていて、あたしのそばでテンとクウを撫でていた麻子さんも驚いたようだった。

「お母さん、どうしたんだろう？」

娘たちから離れ、麻子さんが玄関に向かう。

あたしも、一緒に玄関に向かった。圭子母さんがこんな声をあげるのは、とても珍しいことだったからだ。

しかも、あたしを呼んでいる。

一体何があったのか――麻子さんが開けてくれた玄関のドアから外に飛び出して、圭子母さんの姿を捜した。

圭子母さんを見つかるのは容易(たやす)かった。

麻子さんがサンダルを引っかけて、玄関から飛び出してくる。

圭子母さんは、裏山に続く遊歩道にいたからだ。

「お母さん、どうしたの?」

そう問いかけた麻子さんに、圭子母さんはこう答えたのだ。

「早くミルを連れてきてちょうだい。ミイが、ミイが、ミルに会いに来たのよ!」

と。

ミイが?

その名を耳にした瞬間、あたしは麻子さんを追い抜いて、遊歩道を駆け上がった。

ミイが見えている圭子母さんより少し上まで登って、そうして懸命にミイの姿を捜したのだ。

いた。

ミイが、いた。

最後に見た時から更に、右後ろ足を失ってしまい、たった二本の足で坂道を降りてくるミイが。

右側の両足を失ったために、重心を左側に移して、よろよろしながら――それでも、二本の足で前に進み、あたしに近づいてくるミイが。

右前足を失った時より、その姿は痛々しかった。

以前はまだ、剃られた肌に、縫(ぬ)われた糸は残っていなかった。

けれど、今日――今のミイの右後ろ足があったはずの部分には。

二十以上の縫い糸が残っており、しかもそのむき出しの皮膚(ひふ)は、熱のせいで真っ赤だったのだ。

「ミイ！　ミイ！」

あたしが駆け寄ったすぐ後に、麻子さんがミイに近づいた。

疲れ果て、その場にぺたんとへたり込んだミイの傍(かたわ)らに、麻子さんはしゃがみ込んで、ミイにこう尋ねた。

「抱き上げて、家に連れて行ってもいい？」

二三歩歩いては、疲れてへたりこむ彼に、休める場所に連れて行っていいのかと、麻子さんは了承を取ったのだ。

警戒せずに、ミイは目を閉じた。

疲れ切ったミイを、麻子さんは吉田家の、ミイのために用意した、毛布を敷き詰めた場所に連れて行って、ご飯と水をそっと置いてくれた。

そうしてやっと、あたしはミイから話を聞くことができたのだ。

どうして、ミイがこんなことになったのか——を。

※

喧嘩(けんか)で負った傷が化膿(かのう)したことを、ミイの家族は中々気づけなかったのだという。

なぜなら、傷口は毛で隠れていて、膿(うみ)が出るまでわからなかったからだ。

家族が気づいた時、傷口には蛆(うじ)がわいていたのだという。ミイ自身、死を身近に感じていたらしい。

やはり、あれは別れの挨拶のつもりだったのだ！

けれど、ミイの傷に気づいた大きい父さんと母さんは、大急ぎでミイを病院に連れて行ったそうだ。

気づくのが遅れた分、傷は深く、壊死(えし)が広がっていた彼は、右後ろ足切断の手術を受けて入院したのだ。

一度目の入院より、二度目のそれが長かったのは、壊死の範囲が広かったせいだったらしい。

彼の家の心配性の母さんは、「傷口が完全に塞がるまで、絶対に外に出さない」と主張したらしいけれど。

ほんの小さな隙を突いて、ミイはあたしに会いにきてくれたらしい。

「どうして？」

そう尋ねたあたしに、ミイは答えた。

「謝りたかったから」

と。

何を、とあたしは尋ねなかった。

ミイは、誰にも気づかれぬまま、体の中に膿が溜まっていく状況で、恐らく死を覚悟したのだ。

だから、あたしに別れを告げにきた。

野生に生きていたなら、きっとその本能は正しい。

でも、あたし達のそばには、圭子母さんや麻子さんやミイの家のお父さんやお母さんがいて。

そうして、野生では繋がるはずのない命が繋がっている。

あたしはミイにすり寄った。

以前に聞いた時には、決して同意出来なかった言葉とともに。

「ありがたいねえ」

と。

🐾 エピローグ

『ありがたいよね』

右前足を失い、あたしに会いに来てくれたとき、ミイが言った言葉。

今のあたしは心から頷ける。

四本あった足の半分を失って、それでもあたしに会いに来てくれたミイを見た時、あたしは初めて、あの時のミイの言葉を理解した。

「ありがとう」

そばで寝そべるミイに、あたしは心からそう告げる。

「うん？」

「ありがとう、生きていてくれて。会いに来てくれて。本当にありがとう」

「……うん」

頷くミイに寄り添いながら、あたしはそっと目を閉じた。

ありがとう、ミイを助けてくれて。ありがとう、ミイを返してくれて。ありがとう、ありがとう、ありがとう――世界中に感謝しながら、あたしは幸せを噛みしめて、そうして眠る。

ありがとうと、くり返しながら――。

※この作品はフィクションです。実在の人物・団体・事件などにはいっさい関係ありません。

集英社オレンジ文庫をお買い上げいただき、ありがとうございます。
ご意見・ご感想をお待ちしております。

● あて先
〒101-8050　東京都千代田区一ツ橋2-5-10
集英社オレンジ文庫編集部 気付
前田珠子先生／かたやま和華先生／毛利志生子先生／
水島　忍先生／秋杜フユ先生

猫まみれの日々

猫小説アンソロジー

集英社
オレンジ文庫

2018年12月23日　第1刷発行

著　者　前田珠子
　　　　かたやま和華
　　　　毛利志生子
　　　　水島　忍
　　　　秋杜フユ
発行者　北畠輝幸
発行所　株式会社集英社
　　　　〒101-8050東京都千代田区一ツ橋2-5-10
　　　　電話【編集部】03-3230-6352
　　　　　　【読者係】03-3230-6080
　　　　　　【販売部】03-3230-6393（書店専用）
印刷所　図書印刷株式会社

※定価はカバーに表示してあります

造本には十分注意しておりますが、乱丁・落丁(本のページ順序の間違いや抜け落ち)の場合はお取り替え致します。購入された書店名を明記して小社読者係宛にお送り下さい。送料は小社負担でお取り替え致します。但し、古書店で購入したものについてはお取り替え出来ません。なお、本書の一部あるいは全部を無断で複写複製することは、法律で認められた場合を除き、著作権の侵害となります。また、業者など、読者本人以外による本書のデジタル化は、いかなる場合でも一切認められませんのでご注意下さい。

©TAMAKO MAEDA／WAKA KATAYAMA／SHIUKO MÔRI／
SHINOBU MIZUSHIMA／FUYU AKITO 2018　Printed in Japan
ISBN 978-4-08-680229-1 C0193

谷 瑞恵・椹野道流・真堂 樹
梨沙・一穂ミチ

猫だまりの日々

猫小説アンソロジー

失職した男の家に現れた猫、飼っていた
猫に会えるホテル、猫好き歓迎の町で
出会った二人、縁結び神社の縁切り猫、
事故死して猫に転生した男など、全5編。

好評発売中
【電子書籍版も配信中　詳しくはこちら→http://ebooks.shueisha.co.jp/orange/】

集英社オレンジ文庫

谷 瑞恵

拝啓 彼方からあなたへ

「自分が死んだらこの手紙を
投函してほしい」と親友の響子に託された
「おたより庵」の店主・詩穂。
彼女の死を知った詩穂は預かった手紙を
開封し、響子の過去にまつわる
事件に巻きこまれてゆく——。

集英社オレンジ文庫

白川紺子

後宮の烏 2

後宮で生きながら帝のお渡りがなく、
また、けして帝にひざまずくことのない
特別な妃・烏妃。先代の言いつけに背き
人を傍に置くことに戸惑う彼女のもとに、
今宵も訪問者がやってくる——。

——〈後宮の烏〉シリーズ既刊・好評発売中——
【電子書籍版も配信中　詳しくはこちら→http://ebooks.shueisha.co.jp/orange/】

後宮の烏

集英社オレンジ文庫

辻村七子

宝石商リチャード氏の謎鑑定

夏の庭と黄金(ドール)の愛

この夏をリチャードの母が所有する
南仏の屋敷で過ごすことになった二人。
そこで待っていたのは、謎の宝探し…!?

―〈宝石商リチャード氏の謎鑑定〉シリーズ既刊・好評発売中―
【電子書籍版も配信中　詳しくはこちら→http://ebooks.shueisha.co.jp/orange/】

①宝石商リチャード氏の謎鑑定 ②エメラルドは踊る
③天使のアクアマリン ④導きのラピスラズリ ⑤祝福のペリドット
⑥転生のタンザナイト ⑦紅宝石(ルビー)の女王と裏切りの海

集英社オレンジ文庫

高山ちあき

異世界温泉郷

あやかし湯屋の嫁御寮

就職が白紙になり、癒しを求めて旅行中
の凛子。入浴中に気を失い、目覚めると
不思議な温泉街で狗神と結婚したことに
なっていた!?　元の世界に戻るには、
離縁のための手切れ金が必要と言われ!?

集英社オレンジ文庫

佐倉ユミ

うばたまの
墨色江戸画帖

高名な師に才を見出されるも
十全な生活に浸りきり破門された絵師・
東仙は、団扇を売って日銭を稼いでいた。
ある時、後をついてきた大きな黒猫との
出会いで、絵師の魂を取り戻すが…。

山本 瑤

原作／持田あき

小説

初めて恋をした日に読む話

仕事も婚活もドン詰まりな
アラサー塾講師・順子の前に
不良高校生の匡平が現れてから
今までの人生が大激変!!
2人で東大を目指すことになるのだが!?

集英社オレンジ文庫

青木祐子・阿部暁子・久賀理世
小湊悠貴・椹野道流

とっておきのおやつ。

5つのおやつアンソロジー

少女を運命の恋に落としたたい焼き、
年の差姉妹を繋ぐフレンチトースト、
出会いと転機を導くあんみつなど。
どこから読んでもおいしい5つの物語。

好評発売中
【電子書籍版も配信中　詳しくはこちら→http://ebooks.shueisha.co.jp/orange/】

集英社オレンジ文庫

谷 瑞恵／白川紺子／響野夏菜
松田志乃ぶ／希多美咲／一原みう

新釈 グリム童話

―めでたし、めでたし？―

ふたりの「白雪姫」、「眠り姫」がお見合い、
「シンデレラ」は女優の卵…!?
グリム童話をベースに舞台を現代に
アレンジした、6つのストーリー！

好評発売中
【電子書籍版も配信中　詳しくはこちら→http://ebooks.shueisha.co.jp/orange/】

集英社オレンジ文庫

かたやま和華

私、あなたと縁切ります!

〜えのき荘にさようなら〜

「縁切り榎」があることから住人の
悪縁を断つと言われるシェアハウス。
ダイエット依存のOL、アニオタのホスト、
医学部浪人生など、クセの強い
シェアメイトたちの“悪縁”とは…?

好評発売中

【電子書籍版も配信中　詳しくはこちら→http://ebooks.shueisha.co.jp/orange/】

集英社オレンジ文庫

毛利志生子

ソルティ・ブラッド

—狭間の火—

京都府警の新卒キャリア宇佐木アリスは、
大学で起こった放火事件を担当することになった。
しかし捜査は難航し、被疑者を特定出来ずにいた。
そんな中、“吸血鬼”と呼ばれる存在が
事件に関わっていることを知り…？

好評発売中
【電子書籍版も配信中　詳しくはこちら→http://ebooks.shueisha.co.jp/orange/】

集英社オレンジ文庫

水島 忍

家出青年、猫ホストになる

入社前に就職先が倒産し、
家族ともうまくいかずに家出した渚は、
神社で出会った迷い猫チャーと
入れ替わってしまう!
チャー（中身は渚）を探しにきた男
に拾われる渚（中身はチャー）だが…?

好評発売中
【電子書籍版も配信中　詳しくはこちら→http://ebooks.shueisha.co.jp/orange/】

コバルト文庫　オレンジ文庫

「ノベル大賞」

募集中！

小説の書き手を目指す方を、募集します！

幅広く楽しめるエンターテインメント作品であれば、どんなジャンルでもＯＫ！

恋愛、ファンタジー、コメディ、ミステリ、ホラー、ＳＦ、etc……。

あなたが「面白い！」と思える作品をぶつけてください！

この賞で才能を開花させ、ベストセラー作家の仲間入りを目指してみませんか⁉

大賞入選作
正賞の楯と副賞300万円

準大賞入選作
正賞の楯と副賞100万円

佳作入選作
正賞の楯と副賞50万円

【応募原稿枚数】

400字詰め縦書き原稿100〜400枚。


【しめきり】

毎年1月10日（当日消印有効）

【応募資格】

男女・年齢・プロアマ問わず

【入選発表】

オレンジ文庫公式サイト、WebマガジンCobalt、および夏ごろ発売の文庫挟み込みチラシ紙上。入選後は文庫刊行確約!

（その際には、集英社の規定に基づき、印税をお支払いいたします）

【原稿宛先】
〒101-8050　東京都千代田区一ツ橋2-5-10
（株）集英社　コバルト編集部「ノベル大賞」係

※応募に関する詳しい要項およびWebからの応募は
公式サイト（orangebunko.shueisha.co.jp）をご覧ください。